AF140077

Bibliografische Information der Deutschen Nationalbibliothek:

Bibliografische Information der Deutschen Nationalbibliothek:

Die Deutsche Nationalbibliothek verzeichnet diese
Publikation in der Deutschen Nationalbibliografie;
detaillierte bibliografische Daten sind im Internet
unter http//dnb.de abrufbar.

Impressum:

Copyright: 2015 **Daniela Deppendorf**
Herstellung und Verlag
BoD – Books on Demand, Norderstedt
ISBN   9783739209555

Dani Nitz

Roter

Ochse

Ich danke allen,
die mich in dieser Zeit unterstützt und zu
mir gehalten haben.
Mein ganz besonderer Dank gilt meinen
Eltern
und meiner Lektorin
Sabine Herbst.

Für die Bereitstellung der Bilder bedanke
ich mich bei der Gedenkstätte
„Roter Ochse" in Halle an der Saale.

Der Anfang aller Gedanken

Dies ist keine biographische Abhandlung, kein „Sachbuch" im herkömmlichen Sinne, sondern ein persönlich gelebtes und erlebtes Schicksal, welches wesentlich geprägt wurde durch die antisozialistische Erziehung meiner Familie und meinem unbändigen Drang nach Freiheit und die Verwirklichung meiner Wünsche und Träume. Stattfindend zu einer Zeit, in sich der „Kalte Krieg" zwischen Ost und West so ziemlich auf dem Höhepunkt seiner Perversität befand.

Alles begann im Frühsommer 1980.

Die beiden Weltmächte USA und UDSSR standen sich bis an die Zähne bewaffnet gegenüber und ein kleiner Funke hätte genügt, um das Feuer eines erneuten Krieges zu entfachen.

Gerade erst hatten die Amis und ein Großteil der mit ihnen verbündeten Staaten die Teilnahme an der in Moskau stattfindenden Olympiade abgesagt, was wiederum die Russen ziemlich auf die Palme brachte und nicht unbedingt die Wogen in Richtung politischen Kuschelkurs glättete.

Keiner der beiden Kontrahenten war bereit, dem anderen auch nur eine handbreit Raum zuzugestehen. Inmitten dieses politischen Säbelrasselns um die Vorherrschaft an der Weltspitze lag die DDR.

Die östlichen Teile des ehemaligen Deut-

schen Reiches wurden unter den Sieger-
mächten der ehemaligen UDSSR zuge-
sprochen. Eine Folge der übelsten Diktatur, die Deutschland je hatte. Nun wurden
auch in dem von der Sowjetunion besetz-
ten Teil die Maßstäbe für Freiheit und De-
mokratie je nach Gutdünken der Sieger
neu definiert.

Zukünftig wehte ein eisiger Wind zwischen
Ost und West. Damit war es dann auch
vorbei mit aller Herrlichkeit. Arbeiter- und
Bauernstaat schrieben sich die Genossen
auf die Fahne; nur leider kamen weder die
einen noch die anderen in den Genuss
der Vorzüge eines real gelebten Sozialismus. Im Gegenteil, Sie waren es, die dafür sorgten, dass die DDR auch heute
noch einen Platz in den Geschichtsbü-
chern inne hat.

Regiert von einer Riege seniler Greise, die nach radikaler Hirnwäsche in einer von den berüchtigten kommunistischen Kaderschmieden der sowjetischen Freunde auf ihren Stühlen klebten und völlig fern der Realität Staat spielten. Dabei wurden sie nicht müde, ihrem „Volk" stetig und in allen erdenklichen Facetten das Feindbild des bösen „Westens" zu propagieren. Andererseits wussten sie durchaus die Vorzüge des westlichen Konsums zu schätzen.

Während der normale DDR-Bürger einmal im Jahr vor Weihnachten für ein paar Apfelsinen stundenlang in der Schlange stand, spazierten die Genossen munter in die eigens für sie eingerichteten Läden und deckten sich dort nach Herzenslust mit „Westklamotten" für kleine „Ostmark" ein. Auch mit der Reisefreiheit nahm es die Obrigkeit nicht ganz so genau. Das gemeine Volk konnte sich schon glücklich schätzen, wenn es für sich einen der begehrten Urlaubsplätze am Schwarzen Meer oder am Plattensee ergatterte, während sich die feinen Herren unter durchaus westlicher Sonne die Bräune auf die Glatzen holten.

Die frühen 80er galten schlechthin als „DIE" Blütezeit des Sozialismus und Korruption und Vetternwirtschaft waren allerorts an der Tagesordnung.

Mitläufer und Denunzianten erlebten eine neue Phase der Hochkonjunktur.

Selbstverständlich hatte das Ganze auch seinen Preis. Um das fatale Ungleichgewicht zwischen der Regierungsriege und den „erbärmlichen" Untertanen permanent zu vertuschen und sich in dieser Komfort-zone des Sozialismus häuslich einzurichten, war ein ganz perfider Machtapparat mit weitreichenden Verbindungen in alle nur erdenklichen Richtungen erforderlich. Diese „delikate" und „vertrauensvolle" Rolle fiel dem Staatssicherheitsdienst, im Volksmund „Stasi" genannt, zu. Passend zu den „brisanten" Aufgaben, die es zur Aufrechterhaltung des sozialistischen Lügenkonstrukts zu lösen gab, fand sich dann im Mitarbeiterstab dieser Institution auch der mehr oder weniger komplette Ab-schaum an verkrachten Existenzen, die das Land zu bieten hatte, wieder. Ein ganzes Heer voller Schleimer, Lügner und Kleinkrimineller war damit beschäftigt, die öffentliche Ordnung aufrecht zu erhalten und die Gesellschaft vor den bösen Ma-

chenschaften des „kapitalistischen Fein-
des" zu verteidigen. Die Bespitzelung
kannte keine Gnade und machte auch vor
dem heimischen Herd und Bett nicht halt.
Jede noch so kleine Information wurde ge-
sammelt und akribisch dokumentiert. Egal
ob Freund oder Feind, Fremde oder Familie, sogar der eigene Ehepartner oder die
eigenen Kinder wurden in dieser Zeit zum
Opfer, alles wurde ausspioniert und dabei
war es auch völlig belanglos, ob gegen
denjenigen ein realer Tatverdacht bestand
oder nicht.

In dieser Zeit konnte man niemandem
wirklich vertrauen, musste ständig auf der
Hut sein und seine Worte mit Bedacht
wählen, wollte man ein einigermaßen un-
behelligtes Leben führen. Ein falsches
Wort zur falschen Zeit am falschen Ort

reichte schon aus, um für eine Ewigkeit; wenn man Glück hatte, „nur" hinter Gittern zu verschwinden. Viele ereilte aber auch ein weitaus böseres Schicksal, sie verschwanden oft unbemerkt auf Nimmer-wiedersehen in einem der geheimen Gefangenenlager in den Weiten Sibiriens oder gar schlimmer. Bei Nacht und Nebel holten sie die Regimegegner aus ihren Wohnungen und verbrachten sie an geheime Orte. Ohne einen vernünftigen Rechtsbeistand und ohne jegliche Chance auf einen fairen Prozess wurden die Menschen in einem Schnellverfahren abgeurteilt und in vielen Fällen klammheimlich hingerichtet und ihre Körper eilig verbrannt. Namenlos verscharrte man ihre Asche auf irgend einem Friedhof und die Angehörigen, so sie denn welche hatten,

wurden mit einem gefälschten Toten-
schein abgespeist. Alle Spuren wurden
fein säuberlich ausgelöscht, so als hätte
der Mensch niemals existiert.

Berlin

In dieser Zeit, die geprägt war von staatlicher Willkür und Denunziantentum, von Vorschriften und Maßregeln, in einer Zeit wo Angst und Misstrauen die ständigen Begleiter waren und Lügen und Verrat ihre skurrilen Blüten trieben, wuchs ich, 1960 geboren, als wohlbehütetes Einzelkind heran.

Meine Eltern, beide nicht linientreu und noch weniger dem sozialistischen Staat ergeben, erzogen mich zu einem frei-geistigen, kritisch hinterfragenden, respektvollen aber auch durchaus rebellischen und manchmal auch ziemlich unbequemen Menschen, eben eine echte Berliner Göre! Durch meine Verwandten, die größtenteils im Westteil der Stadt und in Westdeutschland wohnten, wurde ich schon frühzeitig mit den nicht zu übersehbaren Vorzügen der kapitalistischen Freiheit und der Konsumgesellschaft vertraut gemacht. Allerdings lernte ich auch schon von Kindesbeinen an, mit den Nachteilen der deutsch – deutschen Teilung zu leben. Zwar verstand ich als kleines Kind die Zusammenhänge noch nicht wirklich, aber ich fand es total blöd, wenn mein Lieblingsonkel um Mitternacht wieder über die Grenze fahren musste. Diese Familientreffen fanden in der Regel immer zu den Geburtstagen meiner Eltern oder meiner Großmutter statt. Meine Cousins und ich genossen es natürlich sehr, gab es doch Süßigkeiten und Klamotten in rauen Mengen. Für mich bedeuteten die Besuche immer eine Art

Ausflug ins Schlaraffenland und ich konnte in meinem jungen Alter noch nicht begreifen, warum es all die schönen Sachen nicht auch in unseren Läden zu kaufen gab.

Dies sollte sich jedoch in den nächsten Jahren schnell ändern, denn für mich begann mit der Schule ein riskanter Spagat zwischen staatlichen Interessen und elterlicher Erziehung . Es fing schon in der ersten Klasse an. Ich hatte das große Glück, meine ersten Jahre in einem kirchlichen Kindergarten verbringen zu dürfen, fernab von jeglicher staatlichen Einflussnahme auf mein kindliches Gemüt, und hatte somit auch null Plan von unserem Arbeiter- und Bauernstaat und schon mal gar nicht von unserem großen Bruder Sowjetunion. Bei den lieben Nonnen gab es Spiel und

Spaß satt und so ganz nebenbei auch noch das kleine Einmaleins und das Alphabet. Da mir das Schicksal als Joker noch eine ziemlich schnelle Auffassungsgabe mit in die Wiege gelegt hatte, war ich meinen Mitschülern aus den staatlichen Kinder-gärten um einiges voraus, denn diese wurden von der ersten Windel an sofort auf den sozialistischen Weg gebracht. Dementsprechend langweilig gestaltete sich dann auch das erste Schuljahr für mich und ich begann damit, anderweitig für meine Abwechslung im Unterricht zu sorgen, sehr zum Missfallen meiner Lehrer und Eltern. Bei uns zu Hause ging es ziemlich locker zu und es wurde grundsätzlich Westfernsehen geschaut, obgleich dies in der DDR schon fast an Hochverrat grenzte und unter drakonischer Strafe verboten war. Aber es war so vieles verboten und wo kein Kläger, da auch kein Richter; man durfte sich nur nicht erwischen lassen. Mir hatten es die lustigen Werbespots des alltäglichen Vorabendprogramms angetan und ich kannte sie fast alle auswendig. Also trällerte ich munter mal eben so zwischen Mathe-aufgaben und Rechtschreibübung ein paar Songs über „Strahlerküsse" und „Creme 21" und wenn ich gut gelaunt war, legte ich als Zugabe den Spruch „Wer wird denn gleich in die Luft gehen, greife lieber zur HB" noch oben drauf. Das war dann selbst für den liberalsten unter unseren Lehrern zu krass. Dies musste unter allen Umständen strengstens geahndet werden. Als beliebte Sofortmaßnahme eignete sich das „in der Ecke stehen mit dem Gesicht zur Wand". Aber als ich im Laufe der Zeit schon mit allen Ecken des Raumes Bekanntschaft gemacht hatte und auch mal gern die eine oder andere Stunde vor der Klassentür verbrachte, wurde es ziemlich brenzlig.

Meine Mutter war die Leiterin in einem kleinen Porzellangeschäft, welches dem „Konsum", einer der zwei Handels-ketten im Osten, angehörte. Unglücklicherweise lag dieser Laden direkt auf Heimweg der meisten meiner Lehrer, die sich dort dann auch rege die Klinke in die Hand gaben, was für mich selbstverständlich die eine oder andere unangenehme Konsequenz nach sich zog. Aber ich gewann in dieser Zeit auch die ersten tieferen Einsichten in das wirkliche Leben in der DDR und behielt sie natürlich schön für mich. Bis zur fünften Klasse folgte der übliche Drill; Jungpionier mit blauem Halstuch, Thälmannpionier mit rotem Halstuch, deutsch-sowjetische Freundschaft einschließlich einer Brieffreundin in Kaluga, einem winzigen Kaff in der Nähe von Moskau, wo der Hund begraben lag, demonstrieren für die Freilassung Salvador Allendes, des damaligen chilenischen Präsidenten, eines der Länder, mit denen die DDR seinerzeit rege wirtschaftliche und freundschaftliche Beziehungen pflegte. Genutzt hat ihm unser leidenschaftlicher Einsatz allerdings herzlich wenig, denn das Militär hat ihn trotz unserer Proteste hingerichtet. Ferner hieß es Flaschen, Lumpen und Altpapier sammeln für die „Freunde in Vietnam", ein weiterer Partner im Kuschelbündnis und Schnorrer der eh schon knappen Ressourcen im Osten. Und ein-mal pro Monat die kostbare Freizeit für den obligatorischen Pioniernachmittag opfern. So in etwa gestaltete sich das Business eines heranwachsenden Schülers in der sozialistischen Zweckgemeinschaft, immer schön mitmachen und unter keinen Umständen aus der Reihe tanzen. Ziemlich fremdbestimmt und öde das Ganze.

Im ersten Halbjahr der fünften Klasse wurde es dann so richtig spannend, denn da entschied sich, wer zur Erweiterten Oberschule (EOS), sprich Gymnasium, zugelassen wurde. Obgleich eine Hochschulausbildung in erster Linie ein vorrangiges Privileg für Arbeiter- und Bauernkinder sein sollte, bei entsprechend guten schulischen Leistungen in den Genuss einer höheren Ausbildung zu kommen, waren jedoch die Zensuren auf dem Zeugnis allein noch längst keine Eintrittskarte für die Akademikerlaufbahn. Vielmehr spielte hier die politische und linientreue Gesinnung der Eltern eine wesentlich größere Rolle als die erarbeiteten Einser-Noten. Denn nur das Mitgliedsbuch der Sozialistischen Einheitspartei der DDR in der Tasche der Eltern war der Schlüssel zum Olymp der Wissenden. Garantierte es doch, dass bis dato eine lupenreine Erziehung ganz im Sinne des Arbeiter-und Bauernstaates stattgefunden hatte. Meine Erziehung wies in dieser Hinsicht erhebliche Defizite auf und meine Berufsvorstellungen, als wenn man sich mit elf Jahren schon mit klarem Verstand auf einen Beruf konkret festlegen hätte können, wechselten in dieser Zeit mit den Spielfilmen im Fernsehen. Bedauerlicherweise gab es zu meinen Favoriten - Prinzessin, Hexe, Zigeuner, Fee oder Indianer - keinerlei Stellenangebote. Meine kindlichen Phantasien entsprachen in dieser Hinsicht weniger den tatsächlichen Gegebenheiten und so legte ich mich dann letztendlich auf Medizin fest. Wobei mein Hauptaugenmerk der Tiermedizin galt. Meine Zensuren bewegten sich im gehobenen Mittelfeld, aber mit der Aussicht auf einen EOS Platz hätte ich durchaus alle meine geistigen Ressourcen nochmal kräftig aktiviert. Schließlich handelte es sich um meine weitere Zukunft und ich war mir der Tragweite durchaus bewusst.

Ungünstigerweise machte mir hier dann der Lebenslauf meiner Eltern einen dicken Strich durch die Rechnung. Beide keine

Parteimitglieder und auch sonst in keinster Weise auf die Republik eingeschworen, gaben sie nicht das Bild der Vorzeigeeltern einer künftigen Akademikerin ab. Also aus der Traum von der großen Karriere in einer Tierklinik!

Damals keimte zum ersten Mal der Gedanke in mir auf, dass ich mich irgendwie zur falschen Zeit am falschen Ort befand und im Hinblick auf die schreiende Ungerechtigkeit, die in diesem Land herrschte und angereichert mit dem freiheitlichen Gedankengut der 68er Generation nisteten sich zum ersten Mal Zweifel an unserer Staatsform in meinem Kopf ein. Langsam aber sicher lichteten sich in den kommenden Jahren die jugendlichen Nebel der Unwissenheit in meinem Oberstübchen und ich begann ganz allmählich, das perfide System zu durchschauen und kritisch zu hinterfragen.

Es war längst nicht alles so rosig wie es uns die Genossen weismachen wollten. Ganz im Gegenteil! Ich war inzwischen 16, alt genug um meinen Geist ab und zu selbstständig arbeiten zu lassen und mir wurden nach und nach immer mehr die Nachteile dieser pseudo- kommunisti-schen Gesellschaftsordnung deutlich. In erschreckendem Maße offenbarte sich mir das Konstrukt aus Lügen, Betrügen, Be-spitzelung und Verrat, welches nach au-ßen hin das positive Leben in einer an-scheinend klassenlosen Wohlfühlgesell-schaft widerspiegeln sollte, immer deutli-cher . Wie die Sklaven auf der Galeere waren die Massen gefangen in dem Ge-dankengut einiger weniger und ihnen auf

Gedeih und Verderb aus-geliefert. Alles drehte sich einzig und allein um die Arbeit, den Aufbau der Heimat und welchen Beitrag jeder persönlich zum Sieg des Sozialismus bei-tragen konnte. Kreativität und eigene Gedanken waren da nicht gefragt und wurden im Keim erstickt. Stattdessen gab es staatliche Vorgaben in allen Bereichen. Alles wurde von der Obrigkeit geregelt und jeder Einzelne war verpflichtet, seinen Teil zur Umsetzung der geistigen Hirngespinste unserer Regierungkasper, erfolgreich beizutragen. Willkommen im Mittelalter zwischen Mangelwirtschaft und Leibeigenschaft!

Dieses ganze verlogene Gequatsche von Sozialismus und Vaterland ging mir mächtig auf den Keks. In der Schule hatte ich jetzt von lebhaft, aber lieb auf aufmüpfig und unbequem umgeschaltet, was mir nicht unbedingt das Wohlwollen des Lehrerkollegiums einbrachte. Das kratzte mich allerdings herzlich wenig, denn in dieser so typischen Nullbock-Phase verschoben sich meine Prioritäten immer weiter zu Ungunsten des sozialistischen Einheitsbreis. Vielmehr infiziert durch die Rock-und Pop-Größen des internationalen Musikmarktes und unter-stützt durch die monatlichen Geschenkpakete meiner lieben Verwandtschaft aus dem Westen, zimmerte ich meiner neuen Gesinnung dann auch gleich einen entsprechend kreativen Rahmen, welchen ich auch mit der Inbrunst der Überzeugung täglich auf´s Neue zur Schau trug. Während der größte Teil meiner Mitschüler immer noch brav in seinen Pionier-Klamotten durch die

Gegend geisterte und somit weiterhin fleißig ihre Loyalität gegenüber dem Vaterland demonstrierte, bildete sich an unserer Schule ein kleiner Kreis von Andersdenkenden, die sich nicht einfach so unreflektiert vor den sozialistischen Karren spannen ließen und dieses auch durchaus deutlich, allein schon durch ihr Auftreten, kund taten. Denen schloss ich mich natürlich sofort an.

Unser Outfit als Zeichen der Gegenwehr bestand in dieser Zeit aus einem Shirt mit der Fahne des Erzfeindes USA, einem Nato-Parka welcher, unter den Genossen auch nicht gerade Begeisterungstürme auslöste, einer Original Levis Strauss & Co., die in der DDR zwar heiß gehandelt wurde aber ein absolutes No Go für einen pflichtbewussten Staatsbürger darstellte, denn die Fakejeans Made in DDR, die es unter dem Namen „Nietenhose" in den Geschäften zu kaufen gab, waren nicht unbedingt der Kassenschlager. Das ganze Ensemble rundeten dann „Jesuslatschen" oder Original Volleyball Schuhe, je nach Witterung ab. Zugegeben, ich sah schon etwas exotisch aus zwischen den glattgebügelten FDJ – FREIE DEUTSCHE JUGEND (frei - dass ich nicht lache!) Blusen meiner Mitschüler, doch ich fühlte mich verdammt wohl dabei. Im täglichen Leben allerdings bedeutete unser pubertärer Gesinnungswandel auch, sich mit dem einen oder anderen Nachteil ab-finden zu müssen. Dies ging schon in der Schule mit einer schlechteren Benotung los und zog sich bis in die Freizeit weiter fort. Wo und wann immer wir uns trafen, konnten wir uns der scheelen Blicke der anderen gewiss sein und bei jedem Zusammentreffen mit der Polizei hagelte es unter Garantie eine Ausweiskontrolle. Aber in dem Wissen, nicht bloß stumpf in dem Strom der hirnlosen Mitläufer zu schwimmen, waren diese kleinen Schikanen für uns ok.

Alles in allem brachte ich meine Schulzeit dann auch einigermaßen anständig zu Ende und begann im Herbst 1977 eine Lehre zur Fachverkäuferin für Radio- und Fernsehtechnik, die mir später noch einmal von großem Nutzen sein sollte.

Nicht, dass ich mich wirklich für Technik interessiert hätte, aber eine abgeschlossene Ausbildung in der Tasche zu haben konnte in keinem Fall schaden, denn die Zeiten des Wirtschaftswunders und der Vollbeschäftigung waren im Westen erst mal vorbei und ganz allmählich trieb das Gespenst Arbeitslosigkeit sein Unwesen. Auch für den Osten Deutschlands brachen jetzt weniger rosige Zeiten an und da konnte es nie schaden, wenn man sein eigenes Rüstzeug mitbrachte.

Meine Ausbildung verlief ohne größere Höhen und Tiefen und die zwei Jahre waren ziemlich schnell überstanden. Außer einer Urkunde für das beste „Lehrlings Kollektiv" und einem vernünftigen Abschluss-Zeugnis ist aus dieser Zeit jedoch nicht viel bei mir hängen geblieben.

Ganz nebenbei arbeitete ich damals an den Wochenenden in einer der staatlichen Diskotheken, auch offiziell „Jugendclub" genannt. Es ergab sich so, denn einer meiner Freunde stand dort hinter der Bar und so lag es nahe, dass auch ich mich mit einbrachte. Nun darf man sich die Discotheken in der damaligen DDR nicht wie einen dieser durchgestylten „Zappel-Tempel", wie sie heute scheinbar an jeder Ecke zu finden sind, vorstellen. Nee, im Osten ging es noch wesentlich beschaulicher zu!

Die Location befand sich in einem Zweifamilienhaus. Oben wohnte der Pächter und die untere Etage nebst Keller dienten der samstäglichen Belustigung, sozusagen Tanz im Wohnzimmer. Die frühe Disco Welle á la Barry White und Saturday Night Fever war auf dem Vormarsch und scherte sich wenig um politische Ideologien und Grenzen. Sie hatte auch vor der DDR nicht Halt gemacht. Dass die westlichen Rhythmen nicht gerade dem gängigen Musikgeschmack der Politbüro-Funktio-

näre entsprach, sei mal ihrem greisen Alter geschuldet. Offiziell war das Abspielen westlicher Musik öffentlichen Einrichtungen bis auf wenige Ausnahmen in der DDR verboten, was natürlich den über-
-wiegenden Teil der Jugendlichen herzlich wenig interessierte und was den Staat wiederum nötigte, die Vergnügungssucht des Nachwuchses wie alles andere auch in für ihn politisch korrekte Bahnen zu lenken. In Ermangelung der dafür geeigneten Räumlichkeiten wurden kurzerhand Wohnhäuser, geschlossene Ladenlokale oder auch schon mal leer-stehende Festsäle in Dorfkneipen für diese Zwecke umfunktioniert. Natürlich alles in Eigenarbeit der Jugendlichen, die sich in Aussicht auf ihren eigenen Jugendclub auch mächtig dafür ins Zeug legten. Und somit schos-

sen in den späten 70ern diese Clubs auch in der DDR wie Pilze aus dem Boden.

Selbstverständlich war es ein absolutes Privileg, in einem dieser Clubs zu arbeiten. Brachte es doch für den einzelnen persönlich, neben freiem Eintritt und kostenlosen Getränken, auch noch ein kleines Taschengeld. Der eigentlich wichtigste Aspekt an dieser Sache war jedoch, dass man sich untereinander gut kannte und sich natürlich in den Clubs gegenseitig besuchte und das ohne lästiges Schlange stehen am Einlass und der obligatorischen Gesichtskontrolle.

Der angesagteste Club war in der Zeit das „Opern Cafe" unter den Linden.

Ein Musentempel der ganz besonderen Art, etwas für den gehobeneren Anspruch und beliebter Treffpunkt auch für Messebesucher und Nachtschwärmer aus dem westlichen Teil der Stadt. Zumindest bis kurz vor Mitternacht, denn dann wurden die Grenzübergänge geschlossen. Es hatte sich so eingebürgert, dass wir, wenn wir unseren Laden gegen 22 Uhr dicht hatten, noch auf einen gemütlichen Absacker im Opern Café vorbei schauten.

An einem dieser Abende traf ich zum ersten Mal auf Tom, Ben und Nina.

Zuerst fiel mir Ben auf. Groß, gut gebaut, blonde Wuschellocken und ein umwerfendes Lächeln, so schwebte er mit seinem Drink in der Hand an mir vorbei zu den anderen. Mit seinen 1,90m ein Bild von einem Mann, allerdings stockschwul, wie sich wenig später herausstellte. Nicht, dass ich in dieser Hinsicht etwaige Vorurteile hegte, ich fand´s nur immer wieder jammerschade, dass die besten Typen sich so wenig für uns holde Weiblichkeit interessierten. Tom war das genaue Gegenteil von Ben. Ebenfalls verdammt gutaussehend und schwul, aber irgendwie schmächtiger und zerbrechlicher, dunkle Haare und längst nicht so laut und überdreht wie Ben. Neben Ben wirkte Tom eher klein und unscheinbar. Doch er besaß das seltene Talent des stillen, sensiblen Zuhörenkönnens, was ihn zu einem äußerst angenehmen Gesprächspartner machte. Nina, die dritte im Bunde, war klein und zierlich, mit einem hübschen Gesicht und kastanienroten schulterlangen Haaren. Sie war die ruhigste von allen und irgendwie schien sie in Gedanken immer weit weg zu sein. In den folgenden Wochen trafen wir uns häufiger und nach und nach entwickelte sich eine dicke Vierer-Clique aus uns.

Meistens hingen wir bei Tom ab, denn der verfügte über den damals unglaublichen Luxus einer eigenen Mietwohnung. Zwei winzige Zimmer mit Küche in einem Hinterhof in Berlin Prenzlauer Berg. Das Klo war eine halbe Treppe tiefer, aber immerhin, hier waren wir ungestört und konnten in aller Ruhe über Gott und die Welt quatschen. An einem dieser Labertage, keine Ahnung wer von uns als erster damit um die Ecke kam, stand plötzlich das Thema „in den Westen abhauen" im Raum. Ungeheuerlich!

Wir kannten einander inzwischen ziemlich gut und wir wussten auch, dass keiner von uns wirklich großartig Bock auf diese triste Sozi-Pampe hatte, aber plötzlich über eine

Flucht und ihre Folgen zu sinnieren war absolutes Neuland für jeden von uns. Doch nun hing dieser verdammte Satz wie ein Ungeheuer in der Luft und ließ uns einfach nicht mehr aus seinen Klauen. Zuerst war ich nicht gerade begeistert, stand ich doch mit meinen Gedanken diesbezüglich erst am Anfang meiner Überlegungen. Andererseits wusste ich aber auch ganz sicher, dass es so wie jetzt nicht mehr lange weiter gehen würde und dass meine Tage im kommunistischen Ghetto mehr als gezählt waren, denn es kostete mich immer größere Überwindung, meine Klappe zu halten und mich nach deren Idealen zu verbiegen, ich hatte aber noch null Peilung, wie ich dem Ganzen am geschicktesten entfliehen konnte. Nach mehreren Tagen reiflicher Überlegung, welche

Vor- und Nachteile mir die ganz Kiste einbringen könnte, siegten bei mir die Vorteile eindeutig und katapultierten damit meine Zweifel und Bedenken erst mal weit nach irgendwo ins Nirwana. Ich hielt die Aktion inzwischen nicht mehr für ganz so abwegig, wenn allerdings auch immer noch für ziemlich gefährlich, denn wir wären bei weitem nicht die ersten, die sie bei einem Fluchtversuch kaltblütig erschossen. Ein Rest von mulmigem Gefühl blieb in mir zurück aber ich schloss mich den drei anderen an. Einen todsicheren Plan hatte erst mal noch keiner von uns.

Klar war, eine Flucht über die Mauer innerhalb der DDR fiel von vornherein aus. Die Grenze nebst Todesstreifen und anderen kleinen Gemeinheiten für die persönliche Gesundheit wurde so stark bewacht, da hätte nicht mal eine Ostratte ihre Verwandtschaft im Westen besuchen können, ohne gleich von Hunden gejagt, durch Tretminen zerfetzt, am Elektrozaun gegrillt und letztendlich von den Grenzern erschossen zu werden. Nee keiner von uns Vieren war so vergnügungssüchtig. Abhauen über die Ostsee kam auch nicht in Frage. Auch dort war die Grenze mehr als gut bewacht. Außerdem traute sich keiner von uns zu, kilometerweit bei Nacht und Nebel durch das unberechenbare Gewässer zu schwimmen um dann wo-möglich bei Tagesanbruch zu allem Elend noch festzustellen, dass wir versehentlich am falschen Ufer gestrandet sind, weil wir in der Dunkelheit die Orientierung verloren haben. Oder schlimmer noch, abzusaufen denn die See hatte durchaus ihre Tücken und war nicht gerade harmlos. Nee, so hoch war unser Leidensdruck dann doch noch nicht.

Eine Flucht über Ungarn nach Österreich erschien uns zu aufwendig, also blieben zu guter Letzt noch die tschechischen Nachbarn in unseren Überlegungen übrig. Die DDR grenzte direkt an Tschechien und Tschechien wiederum grenzte an Österreich. Dies schien uns der schnellste und sicherste Weg zu sein.

Die damalige CSSR gehörte zwar auch dem großen sozialistischen Bruderbund an und war durch Grenzen gegen die kapitalistischen Feinde gesichert, jedoch sah man dort genau wie in Ungarn die Reisefreiheit wesentlich liberaler als in der DDR. Die Tschechen durften genau wie die Ungarn für eine bestimmte Anzahl an Tagen im Jahr ihre Verwandten im westlichen Ausland zu besonderen Anlässen besuchen. Wir wollten es in der Nähe von Bratislava versuchen, denn die Stadt lag am nächsten an der österreichischen Grenze und das erschien uns am sinnvollsten. Auch gab es von Berlin über Prag eine gute Anbindung mit Bahn dorthin.

Es war Ende Mai 1980 und die Abreise sollte Anfang Juli stattfinden, denn da fuhren meine Eltern für drei Wochen in ihren jährlichen Urlaub und ich konnte mich unbemerkt erst mal vom Acker machen. Bis dahin blieben uns noch gut vier Wochen um alles vorzubereiten. Wir trafen uns nur noch zweimal bei Tom in der Bude, allerdings weniger um etwas zu besprechen, denn es war eigentlich alles gesagt. Eher dienten diese Treffen der stummen Einvernahme um uns der gegenseitigen Loyalität zu vergewissern, dass der geplante Weg steht, und um uns gegenseitig Mut zu machen.

Derweil lief das Leben bei mir zu Hause in den gewohnten Bahnen weiter und ich gab mir die größte Mühe, mir nicht das Geringste anmerken zu lassen. Immer darauf bedacht, mich bloß nicht zu verquatschen und damit die ganze Sache zu gefährden, litt ich dabei Höllenqualen. Bei jedem Klingeln zuckte ich zusammen aus Angst, einer von den dreien hätte plötzlich Stress bekommen und einen Rückzieher gemacht und nun steht womöglich die Stasi vor der Tür, um mich abzuholen. Hinter jeder Ecke sah ich jetzt Gespenster und langsam glaubte ich irgendwie verrückt zu werden. In meinen Träumen rannte ich, von Stasi-Schergen verfolgt, Nacht für Nacht um mein Leben. Meine Eltern bekamen von all der Panik und dem Gefühlswirrwarr in mir nichts mit und verabschiedeten sich endlich gutgelaunt in den Urlaub. Jetzt drehte sich mir mächtig der Magen um, weil ich nicht wusste, wann und ob überhaupt ich sie jemals wiedersehen werde. Doch ich riss mich zusammen und konnte mit allergrößter Mühe meine Tränen gerade noch unterdrücken. Ich hätte ihnen in diesem Augenblick noch so viel sagen wollen, wie lieb ich sie hatte und wie glücklich ich mit ihnen war, ihnen zu danken für meine wunderbar unbeschwerte Kindheit, für die großen und kleinen Freuden und die Liebe, die sie mir geschenkt hatten. Aber all das musste ich runterschlucken, denn es hätte sie nur stutzig gemacht. Ich kam mir so mies und gemein vor in diesem Augenblick, dass ich am liebsten auf der Stelle in den Boden versunken wäre, dabei diente mein Schweigen doch nur ihrem Schutz. Trotzdem fühlte es sich an wie ein Verrat an meinem Eltern, und es tat mir verdammt weh.

Lange konnte ich mich allerdings nicht mit Gefühlsduselei aufhalten, denn schon stand auch der Tag unserer Abreise vor der Tür.

Prag

Berlin Ostbahnhof, ehemals der schlesische Bahnhof und heute der neue Hauptbahnhof, war wie fast alle Bahnhöfe ein roter Backsteinbau mit einem hässlichen grauen Glasdach. In der Bahnhofshalle war es trotz sommerlicher Temperaturen und strahlendem Sonnenschein düster und feuchtkalt. In Löchern des altersschwachen, über Jahrzehnte von vielen Millionen Reisenden ausgetretenen Bodens, hatten sich, gleich Kraterseen in der Eifel , hier und da Pfützen gebildet und wiesen eindringlich auf die Reparaturbedürftigkeit des maroden Daches hin. Wie in allen Bereichen fehlte es auch hier an Geld und vor allen Dingen an nötigen

Baumaterialien, um den Bahnhof zu sanieren. In den wenigen vorhandenen Papierkörben türmten sich Berge aus Resten nicht verzehrten Reiseproviants und leeren Bierflaschen, welche unweigerlich Schwärme Aas fressender Flugobjekte aller Gattungen magisch an-zogen. Die Luft war stickig und durch-tränkt mit einer Duftkomposition bestehend aus dem alten Holz der Sitzbänke, dem Moder der nassen Mauern, vergammelten Essensresten, Alkohol und Urin. Für letzteren waren nicht nur die zahl-reichen Hunde, die als treue Reisebegleiter von Herrchen und Frauchen nach zwangsweise stundenlanger Fahrt sich in ihrer höchsten Not in den Ecken der Halle oder an den Wänden erleichterten, verantwortlich. Auch die altersschwachen öffentlichen Toiletten in der

Halle trugen mit ihrem schauerlichen Gestank wesentlich dazu bei, die knapp bemessene Sauerstoffkonzentration der Atemluft gänzlich zu verpesten. Mein Magen zog sich bei dem widerlichen Geruch wie eine Trockenpflaume zusammen und mir wurde ganz übel. Außerdem wimmelte es von Menschen. Ich hatte das Gefühl, mich mitten in einem aus der Struktur geratenen Ameisenhaufen zu befinden. Dieser bestand aus kleinen Grüppchen, Eltern mit Kind und Kegel, lachend, schwatzend und grölend, in geschäftiger Eile hin und her laufend oder langsam durch die Gegend schlendernd. Eilig sah ich zu, dass ich hier raus kam. Auch auf den Bahnsteigen standen sie dichtgedrängt und warteten auf die Ab-fahrt ihrer Züge.

Juli 1980 und die Schulferien hatten gerade begonnen. Alle zog es in die Ferne. Sie wollten nur raus aus dem Großstadtgetümmel und weit weg von ihrem kollektiven Arbeiterdasein. Sie wollten zum Wandern in die Berge oder am Strand liegen und die Seele baumeln lassen.

Mitten in diesem Chaos aus achtlos herumstehenden Gepäckstücken und Koffern, tobenden und schreienden Kindern und deren frustrierten Müttern und Vätern stand ich und wartete auf Ben, Tom und Nina. So langsam beschlich mich doch ein reichlich komisches Gefühl. Möglichst unauffällig inspizierte ich meine Umgebung, immer auf der Suche nach nach in den Ecken lungernden Stasischergen, aber alles war völlig normal. Bis auf die üblichen Bahnbeamten, die einem in ihren unermüdlichen Versuchen, wenigstens halbwegs den Strom der Reisenden in geordnete Bahnen zu lenken, fast schon ein wenig leid taten. Ich wollte nicht mit ihnen tauschen. Weit und breit keine verdächtigen Gestalten in Sicht. Dann, nach mir schier endlos erscheinenden Minuten, tauchten sie endlich am Ende des Bahnsteiges auf. Zuerst sah ich Bens blonden Lockenschopf. Kein Kunststück, denn mit seinen gut Einmeterneunzig überragte er bei weitem die meisten der hier Wartenden. Nina hinter ihm erinnerte mich mit den langen rot gefärbten Haaren immer ein wenig an eine Hexe. Ich musste jedes mal grinsen bei dem Gedanken, sie auf einem Besen durch die Luft fliegen zu sehen. Zum Schluss trudelte dann auch Tom endlich ein. Er konnte nie pünktlich sein und kam völlig außer Atem die Treppen zum Bahnsteig hoch gerannt. Jetzt also konnte es losgehen!

Inzwischen fuhr auch unser Zug in den Bahnhof ein und rings um uns herum begann das große Drängeln. Jeder wollte natürlich der Erste sein um sich die besten Plätze zu sichern. Zu unserem Glück fanden wir noch ein leeres Abteil und breiteten uns sofort aus um nicht Gefahr zu laufen, dass sich womöglich noch weitere Reisende zu uns gesellten. Die Fahrt an sich verlief bis zur Grenze ziemlich unspektakulär. Nach einem Gulasch im Speisewagen, welches mich bei näherer Betrachtung sofort an Hundefutter aus der Dose erinnerte, nebenbei gesagt, es schmeckte auch so, und ein paar Bierchen lungerten wir in unserem Abteil herum und dösten vor uns hin. Jeder hing seinen eigenen Gedanken nach. In den frühen Morgenstunden erreichten wir die Grenze zur Tschechei und es kam mit den Grenzbeamten sofort Leben in die Bude. Unsanft wurde ich vom energischen Aufreißen der Abteiltür aus meinem Dämmerschlaf gerissen. Die drei anderen waren schon auf den Beinen. Obwohl wir für Jugendliche in dieser Zeit ziemlich normal und harmlos aussahen, schoss mein Adrenalinspiegel beim An-blick des Grenzers wie Lava im Vesuv in die Höhe. In null Komma nichts hatte sich die Angst meines nun hellwachen Geistes bemächtigt und hielt ihn eisern gefangen. Meine Hände und Knie begannen zitternd ihr Eigenleben zu führen, als ich schüchtern und wortlos meinen Personalausweis aus der Tasche zerrte. Dabei hatten wir ja hier eigentlich noch nicht das Geringste zu befürchten und ich ärgerte mich maßlos über mich selbst das ich bei dieser harmlosen Kontrolle schon komplett außer Fassung geriet. Wir waren einfach nur, wie tausende andere junge Menschen auch, ein paar Halbstarke auf dem Weg in die Sommerferien, und trotzdem stand uns das schlechte Gewissen förmlich ins Gesicht geschrieben. „Bloß jetzt nicht auffallen", dachte ich als der Typ uns auch noch aufforderte, unser Gepäck zu öffnen. In meinen wildesten Gedanken sah ich mich schon fast verhungert und erfroren und fernab jeglicher Zivilisation in einem der russischen Gefangenenlager dahin vegetieren. Aber alles war nur halb so schlimm, denn der Beamte schien kein sonderliches Interesse an uns zu haben. Nach einem kurzen Blick auf den Inhalt unserer Taschen und einem genuschelten „na denn mal schönen Urlaub" verschwand er auch schon in das nächste Abteil.

Uff, die erste Hürde war schon mal geschafft und auch unser Turbopuls schaltete so peu a peu wieder auf seine Normalfrequenz um! Mit sichtlicher Erleichterung im Gesicht versanken wir wie-der in die Polster und erreichten ohne weiteren Zwischenfall am frühen Vormittag Prag.

Hier wollten wir erst einmal zwei Tage Station machen und die allgemeine Lage checken. Zu diesem Zweck suchten wir uns zwei Zimmer in einer kleinen Pension direkt am Wenzelsplatz, die ERSTE Adresse hier in Prag. Nach einem ausgiebigen Frühstück und ein paar Stündchen Augenpflege erkundeten wir am späten

Nachmittag die Umgebung. In einer der Buchhandlungen erstand Ben eine der letzten Autokarten der CSSR, die es noch zu kaufen gab. Klar, jetzt im Sommer zur Hochkonjunktur touristischer Aktivitäten waren diese Teile schnell vergriffen und der Nachschub konnte sich, wenn man Pech hatte, manchmal durch-aus bis zu den nächsten Sommerferien hinziehen. Lieferprobleme waren auch bei unseren sozialistischen Nachbarn nicht unüblich.

Das Abendessen gönnten wir uns in einer der zahlreichen Kneipen rund um den Platz und anschließend hingen wir bis in die Puppen in einer Bar ab, aber irgend-d-wie wollte keine rechte Stimmung auf-kommen. In Gedanken waren wir viel zu sehr mit den bevorstehenden Ereignissen beschäftigt. Am folgenden Spätnachmittag ging es dann endgültig los.

Wir hatten beschlossen, mit dem Zug bis Bratislava zu fahren. Die Grenze verlief genau durch die Moldau und teilte die Hälfte einer Brücke in Tschechien und die andere in Österreich. Auf der Fahrt dahin lernten wir eine ältere Dame nebst ihrer Enkelin kennen. Eigentlich kam sie aus Russland und besuchte häufiger ihre Angehörigen in Wien. Sie erzählte uns, dass die Gegend dort rund um die Grenze doch schon ziemlich stark bewacht wurde und es nach ihrer Erinnerung keinerlei Möglichkeiten gäbe, ohne gültige Ausreisepapiere auch nur in die Nähe der Brücke zu gelangen. Bums, sofort flogen unsere Träume wie Fledermäuse in den Abendhimmel. Das ging ja schon weniger gut los, also Krisensitzung! Wir zogen uns eilig in ein leeres Abteil zurück und studierten wieder und wieder die Karte. Nach längerem Hin und Her fiel unsere zweite Wahl dann letztendlich auf Kyty, einem winzigen Fleck auf der Landkarte zwischen Brünn und Bratislava, dafür aber direkt an der Grenze gelegen. Zu unserem großen Glück gab es doch tatsächlich einen Bahnhof in diesem Kaff und es kam noch besser, denn laut Fahrplan hielt unser Zug sogar für ein paar Minuten dort. Augenblicklich kletterte unser Stimmungsarometer wieder enorm in die Höhe. Eine Stunde später rollte der Zug in Kyty ein und kam mit quietschenden Rädern vor einem kleinen halbverfallenen Bahnhofshäuschen, das seine besten Zeiten auch schon lange hinter sich hatte, zum stehen.

Der Punkt auf der Karte entpuppte sich tatsächlich als das verschlafenste Nest, welches ich bis dato je gesehen hatte. Wie konnte man nur in dieser Einöde leben?

Das Dorf lag still und friedlich gerade so, als sei es ausgestorben, in der Abenddämmerung und außer ein paar streunenden Hunden, die uns neugierig nach Futter anschnüffelten um dann gleich wieder ihrer Wege zu ziehen, war keine Menschenseele auf der Straße. Uns war diese Situation natürlich mehr als will-kommen. Der ideale Ausgangspunkt für unsere Expedition, da brauchten wir wenigstens keine dummen Fragen zu fürchten. Gänzlich unbemerkt, wie wir dachten, erreichten wir den Dorfausgang. Gleich hinter den letzten Häusern kündigten auch schon die ersten Warnschilder die nahe gelegene Staatsgrenze an. Wir waren also auf dem richtigen Weg!

Direkt vor uns erstreckten sich, wohin das Auge auch blickte, kilometerlange Felder. Das Korn stand bereits brusthoch und bewegte sich leicht im Abendwind. Ganz weit in der Ferne am Horizont kündigten ein paar vereinzelt stehende Birken den dahinterliegenden Waldgürtel an, der sich laut unserer Karte bis nach Österreich hinzog und nur durch den kleinen Fluss Morava unterbrochen wurde. Noch immer herrschte eine eigenartige Stille. Noch nicht einmal Tierlaute drangen zu uns, obwohl wir uns doch mitten in der Pampa befanden. Irgendwie war mir das Ganze ein ziemlich unheimlich.

Gebückt und die Deckung des Getreides

nutzend schlichen wir durch das Feld in Richtung Wald, immer wieder innehaltend um zu lauschen und uns zu vergewissern, dass uns nicht doch jemand verfolgte. Aber alles blieb ruhig. Nach einer halben Stunde, die mir unendlich lang vorkam, erreichten wir die ersten Bäume. Der ungewohnte Kriechgang machte sich bemerkbar. Meine Beine zitterten wie die einer Marionette und mein Rücken war so steif wie der einer Eidechse in der Kältestarre. Ich ließ mich auf den weichen Waldboden fallen und streckte vorsichtig meine schmerzenden Knochen aus.

Das Moos war angenehm kühl und roch nach frischer Erde. Ich schloss die Augen und so ganz allmählich beruhigte sich mein Atem nach der Anstrengung, und Ruhe kehrte wieder ein. Auch die anderen hatten es sich für eine Verschnaufpause gemütlich gemacht. So langsam ging die Sonne unter und der Wind frischte auf. Wir mussten weiter.

Gleich neben unserem Rastplatz führte ein breiter Weg direkt in den Wald. Auch hier wieder die uns bereits vertrauten Hinweisschilder auf die Grenze. Der Boden war nass und tiefe Reifenspuren hatten sich darin eingegraben. Vermutlich stammten sie von schweren Forstfahrzeugen, denn rechts und links des Weges lagen geschlagene Bäume und warteten auf ihren Abtransport . Da es uns aus Angst vor etwaiger Entdeckung nicht ratsam erschien, wie Kronjuwelen auf dem Präsentierteller mitten über den Weg zu spazieren, schlichen wir vorsichtig, parallel zum Weg, im seitlichen Unterholz weiter. Je tiefer wir vorwärts kamen um so dichter wurde der Wald. Hohe Laubbäume hatten inzwischen die luftigen Birken abgelöst und verdeckten mit ihren wuchtigen Kronen das letzte Tageslicht. Die modrigen Ausdünstungen des feuchten Waldbodens waberten durch die Luft und überall lagen verdorrte Äste, Reliquien der Herbst- und Frühjahrsstürme von der letzten Jahre herum und entwickelten sich bei zunehmender Finsternis als ziemlich lästige Stolperfallen, was das schnelle Vorwärtskommen erheblich erschwerte. Nach einer gefühlten Ewigkeit teilte sich plötzlich das Gestrüpp und vor uns lag eine Lichtung, auf der ein alter Bauwagen stand. Vorsichtshalber blieben wir erst einmal in unserer Deckung und sondierten die Lage. Aber alles war ruhig. Es schien

sich kein Mensch in der Nähe zu befinden. Sicherlich diente der Wagen tagsüber den Waldarbeitern zur Frühstücks-
pause und auch als halbwegs trockener
Unterstand bei Regen. Leise huschten wir
über die Lichtung weiter in den Wald hin-
ein, denn wir mussten ja zu diesem Fluss.
Der bildete praktisch die Grenze, auf der
anderen Uferseite fing sozusagen die
Freiheit an. Mittlerweile war es stockdun-
kel und keiner von uns hatte wirklich einen
Plan, wo genau wir waren. Wir liefen nur
immer weiter durch die Nacht, bis endlich
ein leises Rauschen

zu hören war. Das konnte nur die Morava
sein. Vorsichtig und höllisch darauf bedacht, jedes noch so kleinste Geräusch zu
vermeiden, tasteten wir uns langsam vor-
-an. Das Rauschen wurde mit jedem

Schritt lauter und schwoll zu einem regelrechten Grollen an. Der Boden hatte sich mittlerweile in eine stinkende schlammige Masse verwandelt und gab bei jedem Schritt ein leises Schmatzen wieder, das aber sofort vom Getöse des Wassers verschlungen wurde. Inzwischen versanken wir bereits bis zu den Knien im Dreck. Unsere Hosen hingen uns wie Zementsäcke an den Beinen herunter und meine Turnschuhe hatten sich komplett mit der ekeligen Pampe vollgesogen. In ihrem Zustand bildeten sie so eine Art natürliche Weglaufsperre und es kostete mich enorme Kraft, noch einen Fuß vor dem anderen zu setzen. Wir wähnten uns schon fast am Ziel als direkt vor uns ein Zaun auftauchte. Das Teil war etwa zwei Meter hoch und aus dunklem Metall. Den oberen Abschluss bildete ein Kranz aus Stacheldraht. In der Dunkelheit sah man das Ganze praktisch erst, wenn man unmittelbar davor stand. Damit hatte keiner von uns gerechnet. Wir hatten nicht im Entferntesten die Möglichkeit in Erwägung gezogen, auf ein anderes Hindernis zu treffen als den Fluss. Dem-entsprechend waren wir in dieser Hinsicht natürlich auch mit keinerlei Werkzeugen ausgestattet. Vorsichtig untersuchten wir den Zaun so gut es ging und stellten mit großer Erleichterung fest, dass er erfreulicherweise nicht mit einer Alarmanlage ausgestattet zu sein schien. Dennoch war jetzt bei Dunkelheit an eine Überquerung nicht mehr zu denken; schließlich hatten wir ja überhaupt keine Ahnung, was uns jenseits des Zaunes noch so erwartete. Wir mussten uns also einen sicheren Platz für die Nacht suchen, um es am frühen Morgen nochmals zu versuchen. Hier bot sich uns förmlich der alte Bauwagen an. Also schlichen wir genau so vorsichtig wie wir gekommen waren zurück zur Lichtung. Dort angekommen, warteten wir erst mal einige Zeit im Schutz des Unterholzes, um die Lage erneut zu peilen, aber alles blieb still und so nahmen wir unsere Notunterkunft, so gut es eben im fahlen Mondlicht ging, in Augenschein.

Es handelte sich um die Sorte der typischen Arbeiterumkleidekabine, die man überall auf den Straßen der Republik antreffen konnte. Ein abgerundetes Dach wie das eines Eisenbahnwaggons mit einem kleinen Schornstein, zwei Fenster rechts und links und in der Mitte die Tür, zu welcher drei Stufen einer Eisengitterleiter hinaufführten. Wie erwartet war sie verschlossen und Tom schlug kurzerhand mit einem dicken Knüppel, den er irgendwo in der Nähe gefunden hatte, eine der Fensterscheiben ein. Wir krochen einer nach dem anderen durch die enge Luke in das Innere des Wagens. Eine Dunstwolke von Alkohol, Schweiß und Käsefüßen schlug uns entgegen und ließ in mir einen leichten Brechreiz aufsteigen. Ich schüttelte mich und kramte in meinen Taschen nach einer Schachtel Streichhölzer in der Hoffnung, dass diese den vorangegangenen Ausflug trocken über-standen haben. Als das Zündholz brannte, gab der spärliche Lichtschein einen ersten schemenhaften Eindruck der Inneneinrichtung wieder. Direkt vor mir stand ein Tisch mit einer

Bank dahinter und auf diesem Tisch, welch Freude, lag eine halb abgebrannte Kerze. Jetzt hatten wir zumindest eine, wenn auch sehr sparsame, Beleuchtung. Das restliche Mobiliar bestand aus einem Doppelstockbett - wofür auch immer, einem Regal mit Kleiderhaken und einem kleinen eisernen Ofen. Abfälle und Papier lagen hier und da auf dem Boden verstreut. Dicke Staubschichten belagerten die Einrichtungsgegenstände. Der komplette Raum befand sich in einem Zustand hochgradiger Verwahrlosung.

Tom machte sich sofort an dem alten Ofen zu schaffen und begann damit, aus den herumliegenden Papierresten und ein paar Stücken Holz, die er neben dem Ofen gefunden hatte, ein Feuerchen zu machen. Es dauerte nicht lange, bis sich eine wohlige Wärme im Raum breit machte und dem Ganzen einen kleinen Schimmer von Gemütlichkeit verlieh. Auch eine gute Gelegenheit, unsere nassen Klamotten in Ofennähe zu trocknen. Draußen war es inzwischen tiefste Nacht und so langsam machten sich die Anstrengungen der vergangenen Stunden bemerkbar und forderten mit bleierner Müdigkeit ihren Tribut. Wir beschlossen, die Zeit bis Sonnenaufgang zu nutzen, um ein paar Stunden zu schlafen und Kräfte für den nächsten Tag zu sammeln. Jeder von uns sollte zwei Stunden Wache halten und dann abgelöst werden.

Als ich am nächsten Morgen erwachte, war die Sonne bereits aufgegangen und ich schaute erschrocken auf meine Uhr. Kurz vor sechs und die anderen schliefen noch tief und fest. Es kostete mich einige Mühe, sie wach zu rütteln. Hastig zogen wir uns an und verschlangen die letzten Reste unseres mitgenommenen Proviants. Dann wurde es allerhöchste Eisenbahn, die Biege zu machen, denn die eigentlichen Herren dieser Unterkunft könnten jetzt jederzeit hier auftauchen um ihre Arbeit anzutreten und keiner von uns hatte ein Interesse daran, vorzeitig entdeckt zu werden. Leise schlichen wir uns wieder durch den Wald zurück in Richtung Fluss. Die Sonne stand bereits hoch genug um dem Unterholz mit ihrem Licht die Bedrohlichkeit der vergangenen Nacht zu nehmen. Bei Tage sah alles gleich viel freundlicher aus. Auch das Vorwärts-kommen gestaltete sich bei Helligkeit wesentlich einfacher als in der vergangenen Nacht. In kurzer Zeit standen wir wieder am Ufer.

Nun sahen wir erstmals das ganze Ausmaß der Katastrophe. Der Zaun entpuppte sich dabei als das geringste Übel, denn er schütze nur eine dicke Rohrleitung, welche über den Fluss führte, vor unbefugtem Zutritt und endete ein paar Meter weiter, was wir natürlich in der Finsternis nicht gesehen hatten. Das eigentliche Übel war die Morava selbst. Laut Karte ein fließendes Etwas der kleineren Sorte glich sie jetzt mit ihren glucksenden Strudeln und ihren wilden Stromschnellen eher einer kleineren Schwester der Niagarafälle. Bei unseren Fluchtplanungen dachte natürlicher keiner von uns an das vorangegangene Frühjahr mit seinen außergewöhnlich starken Regenfällen, welche diesen sonst so beschaulichen Bach in einen nunmehr reißenden Strom verwandelt zu haben schien. Es waren vielleicht zwanzig oder dreißig Meter bis zum gegenüber-liegenden Ufer. Der Gedanke, da jetzt gleich rüber schwimmen zu müssen, löste nicht grade einen Heiterkeitsausbruch in meiner Magengegend aus aber, es war in diesem Augenblick echt der einzig mögliche Weg in den Westen. Also trat ich mir mal selber in den Hintern und folgte den anderen hinunter zum Ufer. Allzu tief brauchten wir allerdings der vor uns lauernden Gefahr nicht in die Augen zu blicken, denn unser wagemutige Schwimmeinsatz wurde noch in seiner frühesten Entstehungsphase von einem mehrfach donnerndem „STOP" im Keim erstickt.

Mit der durchschnittlichen Reisegeschwindigkeit eines südamerikanischen Faultieres drehte ich mich vorsichtig um, was erneut mit einem ohrenbetäubenden STOP geahndet wurde. Der Anblick, der sich mir bot, ließ in Sekundenschnelle meine Gesichtsfarbe von jugendlich zartrosa auf greisenhaft aschfahl um-springen und mein Körper stellte augenblicklich jegliches Gefühlsleben ein. Nur mein Herz raste wie eine Supernova vor dem Eintritt in die Erdumlaufbahn. Vor uns standen etwa zwanzig Soldaten auf gereiht, jeder von ihnen sein Maschinengewehr entsichert und auf uns gerichtet, dazu ein Dutzend Hunde an langen Fangleinen, die sich nun plötzlich auf-führten als hätte man sie zwei Monate nicht gefüttert. Ich traute meinen Augen nicht. Es war unglaublich, hatte ich bis eben doch nicht den geringsten Laut gehört. Klammheimlich und dabei das Getose des Flusses für ihre Zwecke ausnutzend hatten sie sich in aller Seelenruhe angeschlichen und nun standen sie da.

Ganz allmählich kehrten die Gedanken aus den Tiefen meiner Magengrube zurück und mein Gehirn begann unverzüglich mit seiner Jobverteilung. Fieberhaft überlegte ich, was jetzt zu tun war, aber mein Verstand weigerte sich strikt, auch nur den Hauch einer Idee zu produzieren. Die Soldaten, so bedrohlich wie sie da vor uns standen, machten einen eher weniger kompromissbereiten Eindruck, ganz im Gegenteil. In ihren versteinerten Gesichtern spiegelte sich keinerlei menschliche Regung außer die wilde Entschlossenheit, uns auch nicht einen einzigen Millimeter in Richtung österreichische Grenze entkommen zu lassen. Kurzzeitig schoss mir der selbstmörderische Gedanke durch den Kopf, mich in die Fluten zu stürzen und es einfach darauf ankommen zu lassen. Sollten sie doch auf mich schießen, dann würde ich einfach untertauchen und sie würden mich nicht treffen. Total naiv, in meiner Torschlusspanik zu glauben, ich könnte das Blatt mit dieser Aktion noch einmal zu meinen Gunsten drehen! Und ganz sicher, bezüglich ihrer Schießkünste, war ich mir bei dieser Sache doch nicht so ganz und so verharrte ich wie zur Salzsäule erstarrt mit den anderen drei und wartete auf die Dinge, die nun unweigerlich auf uns zukommen würden.

Und sie kamen, ja sie brachen sogar mit der Macht eines Tornados über uns herein!

Zunächst kam erst mal Leben in die Truppe. In irgend einem sprachlichen Kauderwelsch und mit wilden Zeichen gaben sie uns zu verstehen, dass wir aus dem Wasser kommen sollten. Meine Nackenhaare standen noch immer zu Berge und mühsam, wie eine hundert Jahre alte Greisin, schleppte ich mich aus dem Wasser, stets darauf bedacht, nur keine unüberlegte oder zu hastige Bewegung zu machen und damit bei den Soldaten die Vermutung zu erwecken, doch noch fliehen zu wollen und sie somit zu einer voreiligen, nicht wieder gutzumachenden Handlung zu zwingen. Kaum wieder auf festem Boden angekommen wurden uns auch gleich die Hände auf dem Rücken gefesselt und die Augen verbunden. Eine Hand mit der Stärke einer Schraubzwinge packte meinen Oberarm und zog mich mit sich über das steinige Ufer. Jeglichem Orientierungssinn beraubt, torkelte ich blind wie ein Maulwurf durch die Gegend. Dann hielt mein Begleiter an. Wieder wurde ich an den Armen gepackt und dieses mal in die Luft gehoben. Noch ehe ich irgendwelche Überlegungen über den Sinn dieser Aktion anstellen konnte, fand ich mich auch schon, dem Gefühl nach, auf der Ladefläche eines LKW´s wieder. Unsanft wurde ich auf eine Sitzbank gestoßen. Anscheinend war ich die Letzte, die man von uns aufgeladen hatte, denn kaum dass ich saß, setzte sich der Wagen auch schon in Bewegung. Die Fahrt dauerte nicht sehr lange. Zweimal hielten wir kurz, und den Geräuschen nach zu urteilen wurden uns irgendwelche Tore geöffnet. Es ist schon ein merkwürdiges Erlebnis, mit verbundenen Augen durch die Gegend zu fahren. Plötzlich nimmt man Dinge viel intensiver wahr, die man normaler weise kaum registriert, wie zum Beispiel das Holpern auf unterschiedlichen Fahrbahnbelägen oder die Bewegungen in einer Kurve. Dann stoppte das Fahrzeug wieder und wir wurden ausgeladen. Die mir bereits bekannte Schraubzwinge bemächtigte sich abermals meines Armes. Dieses mal ging unsere Wanderung durch schier endlose Flure. Es roch nach verstaubten Akten und Bohnerwachs. Ab und zu tauchten anscheinend Personen auf um einen Blick auf uns zu werfen. Mein Blindenhund verlangsamte jedes mal seinen Schritt und wechselte im Vorbeigehen ein paar Worte mit den anderen. Wahrscheinlich redeten sie über uns und machten sich lustig über unsere Blödheit, denn ihre Gespräche endeten immer in einem schallenden Gelächter. Nach einer erneuten Biegung des Ganges blieben wir plötzlich stehen und jemand nestelte an meiner Augenbinde und auch die Handfesseln nahm man mir ab. Nach der längeren Dunkelheit brauchten meine Augen einige Augenblicke, um sich wieder an das Licht zu gewöhnen. Ich stand mitten in einem großen Zimmer und auch die drei anderen waren schon da. Dem Anschein nach befanden wir uns hier in einer Art Tagungsraum mit der typisch sozialistischen Einheitsausstattung.

Die Stirnseite des Raumes zierte das Portrait des jeweiligen aktuell amtierenden Landesoberhauptes. Zur rechten und linken Seite leisteten ihm die geistigen Väter des kommunistischen Gedankengutes, Marx und Engels, Gesellschaft und je nach Land und den zur Verfügung stehenden Platzverhältnissen schlossen so alteingesessene Vertreter des sozialistischen Adels wie Liebknecht und Luxemburg, Lenin oder einheimische Parteigrößen den Kreis der illusteren Runde. In der Ecke neben dem Fenster der obligatorische Fahnenständer, in welchem neben der Landesflagge grundsätzlich immer die des allgegenwärtigen und übermächtigen großen Bruders und Befreiers Sowjetunion prangte, davor das Rednerpult. In die Mitte der hufeisenförmig aneinander gereihten Tische hatten sie vier Stühle, jeweils zwei mit der Lehne zueinander, gestellt. Ein Mann in ziviler Kleidung kam herein und befahl uns im gebrochenem

Deutsch, dass wir uns setzen sollten. Jegliche Unterhaltung miteinander wurde uns strengstens verboten. Nun saß ich hier!

Zunächst versuchte ich, so weit es mir in dieser Lage überhaupt möglich war, mir einen ersten kurzen Überblick zu verschaffen. Den Geräuschen nach zu urteilen, die durch die geöffneten Fenster zu uns herauf drangen, hatten sie uns in ein Armeecamp oder eine Kaserne gebracht. Die Uhr über der Eingangstür zeigte halb elf und es herrschte geschäftige Betriebsamkeit. Ich hörte das Klappern von schweren Stiefeln im Gleichschritt, Befehle bellten hin und her. Wahrscheinlich befand sich dort unten, unter den Fenstern dieses Raumes, der Kasernenhof. Ganz allmählich machte sich die sommerliche Hitze breit.

Es roch nach einer Mischung aus Benzin, Schweiß, Bohnerwachs und Kohlsuppe. Wir saßen noch immer schweigsam wie die armen Sünder auf unseren Stühlen und mit der Zeit wurde die Hitze echt unerträglich und die halbnassen Klamotten fingen so langsam an zu müffeln. Meine über alles geliebten und sonst so bequemen Leinenturnschuhe waren mit ihrem Schlammbad relativ gut fertig geworden, doch jetzt, in der Wärme klebten sie, gleich Betonklötzen eines Mafiaopfers kurz vor dem Wassergrab, an meinen Füßen und meine Hose, die gerade nur noch als trauriger Stofffetzen an meinen Beinen herunter hing, stand plötzlich mit ihrer Kruste wie die Büste von Ernst auf dem Berliner Thälmannplatz. Es stank für meine Begriffe entsetzlich, doch der Posten, den sie zu unserer Bewachung abgestellt hatten und der sich jetzt sichtlich gelangweilt neben der Tür auf seinem Stuhl lümmelte, ließ sich nichts anmerken. Die Zeit kroch dahin. Dem Stand der Sonne nach zu urteilen müsste es jetzt etwa später Nachmittag sein. Vorsichtig versuchte ich mich so zur Tür zu drehen, dass ich einen Blick auf die Uhr über dem Eingang werfen konnte, aber unser Bewacher hatte mein Bewegung wohl völlig missverstanden und im Bruchteil einer Sekunde war das Gewehr, welches bis dahin auf dem Tisch vor ihm lag, wieder im Anschlag. Erschrocken nahm ich sofort wieder meine ursprüngliche Sitzposition ein. Vom langen Stillsitzen auf diesen harten Holzstühlen tat mir verdammt der Rücken weh. Außerdem hatte ich eine völlig ausgedörrte

Kehle und meine Zunge klebte mir wie ein alter Putzlappen im Hals fest. Die letzte Flüssigkeit hatte ich früh morgens auf der Lichtung zu mir genommen und auch mein Magen pochte so langsam mit einem unüberhörbaren Knurren auf sein Recht. Am schlimmsten jedoch war diese verdammte Ungewissheit. Die macht einen total kirre.

Sollten sie besser gleich sagen, wie es weiter geht und gut, aber nicht dieses stundenlange in der Luft hängen.

Dann – endlich Schritte und wie auf Kommando flogen unsere Köpfe in Richtung Tür. Es war jetzt genau fünf Uhr nachmittags, als etwa zehn Personen den Raum betraten. Einige davon in Zivil. Erneut fesselte man unsere Hände auf dem Rücken und verband uns die Augen. Wieder wurden wir durch das Gewirr endloser Flure geschoben und auf einen Lastwagen verladen. Dieses Mal dauerte die Fahrt etwas länger und schon nach wenigen Minuten auf den Huckelpisten, die sie Straßen nannten, taten mir wieder sämtliche Knochen weh, denn die Sitzgelegenheiten auf dem LKW konnte man nicht gerade als komfortabel bezeichnen, zumal durch die Fesseln keinerlei Möglichkeit bestand, sich auch nur annähernd irgendwo festzuhalten und wir gründlich durchgeschüttelt wurden. Irgendwann stoppte der Wagen und wir wurden wieder ausgeladen.

Wir standen vor der Polizeiwache von Kyty. Sofern man die Dienstwohnung des Amtsinhabers abzog und der Rest überhaupt noch als „Behörde" bezeichnet werden durfte. Sie führten uns in einen schmalen Raum, dessen einzige Einrichtung aus überdimensionalen Aktenregalen bis unter die Decke bestand welche die Enge des Zimmers noch bedrohlicher machte. Alle unsere Wertsachen wurden uns abgenommen und wieder vier Stühle in einer Reihe, auf die wir uns setzen mussten, wieder ein Posten an der Tür, der jegliche Unterhaltung unmöglich machte und dann wieder warten. Durch das geschlossene Fenster brannten die letzten Strahlen der untergehenden Hochsommersonne. Die Hitze hier war noch unerträglicher als vorhin in der Kaserne. Der staubige Mief alter Akten reduzierte unsere Atemluft auf ein gerade noch lebensnotwendiges Minimum. Ich war inzwischen so erschöpft von dem ganzen Hin und Her und dem stundenlangen Warten,

dass ich am liebsten auf der Stelle, mei-
netwegen auch auf diesem blöden Stuhl,
eingeschlafen wäre. Meine Knochen äh-
nelten Bleigewichten an einem Tauchgür-
tel und mir war in diesem Moment so
ziemlich alles egal. Ich sehnte mich nach
einer erfrischenden Dusche und was zu
trinken. Aber vor allem nach meinem Bett.
Einfach nur schlafen und morgen früh aus
diesem finsteren Albtraum wieder erwa-
chen...

Als ersten holten sie Ben. Zwei Männer
kamen herein. Sie schubsten ihn unsanft
von seinem Stuhl hoch und zerrten ihn mit
sich. Dann wieder Stille. Die Minuten krochen zäh dahin wie endlose Lakritz-
schlangen auf dem Jahrmarkt. Ohne meine Uhr hatte ich jegliches Zeitgefühl verloren. Nach einer kleinen Ewigkeit wurde

die Tür erneut aufgestoßen und Ben torkelte zu uns herein. Bei seinem Anblick blieb mir fast die Spucke weg und ich schnappte wie ein Karpfen auf dem Trockenen nach Sauerstoff. Sein sonst leicht sonnengebräuntes ebenmäßig schönes Gesicht hatte sich in kurzer Zeit in eine rötliche aufgequollene Masse verwandelt. Ein Auge war wie bei einen Preisboxer komplett zugeschwollen und man konnte schon die Regenbogenfarben des herannahenden Veilchens erahnen. Sein kühn geschwungener Mund ähnelte dem eines Breitmaulfrosches und aus seiner Nase sickerten langsam aber stetig kleine rote Rinnsale auf sein zerrissenes Hemd. Er konnte sich kaum auf den Beinen halten und machte alles in allem einen ziemlich desolaten Eindruck. Dennoch versuchte er tapfer ein Grinsen, was dem ganzen die Krone aufsetzte und sein Gesicht in eine überdimensionale Fratze verwandelte. Ächzend ließ er sich auf seinen Stuhl fallen. Tom, dem nächsten im Bunde, erging es nicht viel besser. Auch er kam mächtig ramponiert aus dem Verhör zurück. Dann waren Nina und ich an der Reihe. Es musste schon später Abend sein als sie mich holten denn, draußen war es bereits stockfinster. Zwei Männer führten mich in ein Dienstzimmer. Gleich rechts neben der Tür ein Schreibtisch, an dem ein Polizist saß. Auf dem Tisch brannte eine kleine Lampe. Links an der Wand wieder die hohen Aktenregale. Vor mir, etwas weiter im Raum, stand ein zweiter Schreibtisch, ebenfalls nur von einer winzigen Lampe gerade so eben beleuchtet. Auch dahinter saßen ein Polizist und ein Mann in Zivil. Ansonsten war der Raum dunkel. Vor dem zweiten Schreibtisch stand ein Holzschemel, auf den ich mich setzen musste.

Das Verhör begann eigentlich recht harmlos. Der Mann in Zivil entpuppte sich als Dolmetscher. In seinem gebrochenen aber dennoch gut verständlichen Deutsch befragte er mich zunächst auf eine freundliche, ja sogar väterliche Art und Weise nach meinen Personalien, obwohl ihm diese bereits hinlänglich aus meinen Ausweispapieren bekannt sein durfte. Neugierig, was das werden sollte, ließ ich mich auf dieses Spielchen ein und beantwortete brav die Fragen zu meiner Person, welche er wiederum dem Polizisten übersetzte. Nach einer kleinen Weile harmlosen Smalltalks wurde es so langsam spannend, denn als nächstes wollte er den Grund meines Aufenthaltes in dieser Region wissen und ich begann ihm voller Begeisterung, die mit den anderen drei verabredete Story von Urlaub und Wandern und plötzlich versehentlich verlaufen aufzutischen. Jetzt war ich erst richtig in meinem Element. Ich erzählte ihm eine haarsträubende Geschichte über unseren Plan von Prag nach Bratislava zu trampen und in Ermangelung einer geeigneten Übernachtungsmöglichkeit hätten wir einfach kurzerhand im Wald geschlafen. Leider wäre uns dann völlig die Orientierung abhanden gekommen und nur deswegen standen wir unten am Fluss. Von einer Flucht war selbstverständlich niemals die Rede gewesen und auch die Warnschilder hätte niemand von uns gesehen.

Ohne eine Miene zu verziehen übersetzte der Dolmetscher brav den ganzen Blödsinn. Der Polizist sah bei meiner Schilderung aus als hätte er in eine Zitrone gebissen und vergessen, sie runter zu schlucken. Seine Augen quollen aus den Höhlen und die Zornesröte breitete sich in rasender Schnelle auf seinem Gesicht aus. Er kannte die Geschichte nur zu genau, hatte er sie sich doch bereits dreimal anhören müssen. Immer und immer wieder wollte er über den Dolmetscher von mir wissen, was wir an der Grenze gemacht haben und ich erklärte, dass wir uns schlicht und einfach nur verlaufen hätten und dass alles in Wirklichkeit ein riesiges großes Missverständnis sei. Er wurde zusehends wütender und ich war inzwischen auch richtig angezickt. Der arme Übersetzer fühlte sich im weiteren Verlauf dieser Vernehmung sichtlich immer unwohler in seiner Haut und tat mir schon fast ein wenig leid. Was dann kam traf mich völlig unvorbereitet, denn ich hatte den dritten Mann hinter mir an der Tür total vergessen. Plötzlich und wie aus heiterem Himmel traf mich ein Tritt ins Kreuz. Mit der Kraft einer Dampframme bohrte sich der schwere Stiefel in meinen Rücken und schleuderte meinen Oberkörper nach vorn, so dass ich in voller Wucht mit dem Kinn auf die Schreibtischplatte klatschte. Mir blieb die Luft weg und in meinem Kopf explodierten zeitgleich Millionen Silvesterraketen. Ungläubig starrte ich auf den Beamten, der sich zufrieden in seinem Sessel zurücklehnte und mit einem süffisanten Schmunzeln seine Fingernägel einer

Inspektion unterzog. Jetzt wurde ich richtig sauer. Alles drehte sich um mich herum und meine Sauerstoffzufuhr lief immer noch auf Sparflamme. Bloß nicht umfallen und denen nur keine Schwäche zeigen! Nee, Freunde, so nicht mit mir!, waren die ersten Gedanken, als sich die Funkenwolken in meinem Hirn langsam zu lichten begannen. Der Dolmetscher hatte unterdessen sein väterliches Gesicht wieder hervorgekramt und wollte, sicherlich auch aus rein taktischen Gründen und um die brenzlige Situation etwas zu entschärfen, sich die Geschichte von mir in aller Ruhe nochmals erzählen lassen, doch mir reichte es ab hier. Mit der Liebenswürdigkeit einer Klapperschlange gab ich ihm unmissverständlich zu verstehen, dass ich ohne einen Rechtsanwalt nun kein Wort mehr sagen werde und ich dieses nette Gespräch damit für mich als beendet betrachtete. Die Begeisterung meines Gegenübers hielt sich enorm in Grenzen und die der beiden Polizisten erst recht. Irgendwie war jetzt auch die Luft, raus denn bis auf einen kleineren Wutausbruch und ein paar mehr oder weniger halbherzigen Drohungen kam aus ihrer Richtung nichts mehr. Wortlos und ohne weitere Handgreiflichkeiten brachten sie mich schließlich wieder zu den anderen.

Es war bestimmt schon tiefe Nacht, als erneut ein Wagen vorfuhr. Jeder von uns bekam wieder seinen eigenen Bewacher, aber dieses Mal gab es nur Handschellen. Die Augenbinde blieb uns erspart. Wir wurden in einen geschlossenen Jeep verfrachtet und ab ging die Fahrt. Jetzt, nachdem sich die Anspannung der vergangenen Stunden begann etwas zu lösen, merkte ich, wie fertig und kaputt ich eigentlich war. Seit heute morgen auf der Waldlichtung hatte ich nichts mehr gegessen und getrunken, meine Klamotten klebten dreckig an mir und ich stank wie ein Otter. Außerdem kämpfte ich nach dem Stiefeltritt immer noch mit leichten Atemproblemen, von der schmerzenden Stelle an meinem Rücken mal ganz zu schweigen. Den anderen Dreien ging es auch nicht besser. Das Blut in Bens Gesicht war getrocknet und hinterließ eine hässliche braune Kruste. Die Partie um das zugeschwollene Auge hatte eine tiefblaue Farbe angenommen und er röchelte wie ein Taucher durch den Schnorchel mit seiner kaputten Nase. Auch Tom und Nina hingen wie gerupfte Hühner auf ihren Sitzen. Ich war hundemüde und irgendwann schlief ich bei dem eintönigen Geklapper des Jeeps ein und wurde erst wieder wach, als der Wagen stoppte. Das Auto stand in einer Art Schleuse. Vor und hinter uns ein riesiges Stahltor. Rechts eine Mauer mit Spiegeln an der oberen Kante, auf der linken Seite eine kleinere Stahltür ohne Klinke und daneben eine Art Pförtnerloge aus Panzerglas. Wir befanden uns in einem der für damalige Verhältnisse modernsten Gefängnisse des Ostblocks – im Knast von Brünn.

Sie schoben uns durch die kleine Tür in einen fensterlosen Raum ohne jegliche Einrichtungsgegenstände, in welchem uns sofort vier Aufseher in Empfang nahmen. Gegenüber des Eingangs befand sich eine weitere Tür, ebenfalls ohne Klinke, der eigentliche Eingang ins Gefängnis. Nachdem sich die zweite Tür hinter uns geschlossen hatte, wurden wir voneinander getrennt. Eine Aufseherin führte mich durch schier endlose Gänge ohne Fenster und das Gebäude kam mir riesig vor. Auf jeder Seite dicke Stahltüren mit den dahinter liegenden Zellen und alle paar Meter wurden von einer Kamera überwacht. Zu dieser nachtschlafenden Zeit herrschte eine beängstigende Stille, was das Ganze für mich noch bedrohlicher machte. Ich hatte noch nie ein Gefängnis von außen gesehen und nicht mal im Traum daran gedacht, dass ich mich selbst mal in einem wiederfinden würde. Dann öffnete sie eine der Türen und schob mich in einen kleinen Raum. Die schwere Tür fiel hinter mir ins Schloss und ich war eingesperrt.

Keine Ahnung wie lange ich da so stand, es können Minuten gewesen sein, aber vielleicht auch eine Stunde. Es brannte kein Licht, nur der matte Schein einer Straßenlaterne, der sich seinen Weg durch die Gitterstäbe des Fensters bahnte, machte mir eine grobe Orientierung möglich. In dem Raum befanden sich außer zwei Betten, einem Tisch mit zwei Stühlen und einem Waschbecken keine weiteren Einrichtungsgegenstände. Das witzigste war das Klo. Zwei Fußabdrücke im Boden und dahinter ein Abfluss. Später habe ich dann auf meinen Fernreisen oft derartige WC`s angetroffen und empfinde sie mittlerweile als ziemlich angenehm weil sehr hygienisch, aber damals war es für mich völlig neu, mich einfach so auf den Boden zu hocken. Ich war total fassungslos! Jetzt, hier in der endgültigen Abgeschiedenheit der Zelle, begriff ich ganz allmählich den unmittelbaren Ernst meiner Lage. Ich saß tatsächlich hinter Gittern. Einfach so gefangen und weggesperrt. Als erstes probierte ich eines der Betten aus, welches meine Belagerung seinerseits mit lautem Quietschen quittierte. Meine Gedanken wie wild gewordene Frisbee Scheiben durch die Gegend. Ich dachte an zu Hause, an meine Eltern. Ich wollte mir lieber nicht ausmalen, was sie sagen würden wenn sie erfuhren, dass ihre Tochter im Gefängnis sitzt. Sie befanden sich zur Zeit immer noch im Urlaub in der Märkischen Schweiz. Ein paar Bungalows direkt am See. Weit und breit nur Ruhe und Natur. Für meinen Geschmack lag dort ja der Hund begraben, aber sie mochten es. Von den drei Ferienwochen war knapp eine vorbei. Dort würden sie die Bullen nicht so schnell auftreiben. In mir keimte ein winziger Hoffnungsschimmer auf. Was, wenn die Polizei uns nun doch die Story von der verkorksten Tramper Tour abkaufte und uns in den nächsten Tagen frei ließ? Oder, wenn sie die ganze Sache als dummen Streich gesellschaftlich abgedrifteter Jugendlicher zu den Akten legten, müssten meine Eltern ja nicht zwangsläufig etwas von unserer Aktion erfahren. Klar, reichlich Stress gäbe es für alle in jedem Fall, denn eigentlich sollte ich ja die Zeit während ihrer Abwesenheit bei meiner Oma verbringen. Aber gut, hinsichtlich dessen würde mir schon eine passende Ausrede einfallen. Nur meine Oma tat mir unendlich leid. Wahrscheinlich war die arme Frau schon ganz krank vor Sorge um mich. Doch zu ihrer eigenen Sicherheit konnte ich sie unter den damaligen Verhältnissen auf keinen Fall in mein Vorhaben einweihen. Das Risiko war einfach viel zu groß. Sie wäre von Staats wegen verpflichtet gewesen, meine Fluchtpläne bei den Behörden anzuzeigen, ansonsten machte sie sich der Mitwisserschaft schuldig und diese wurde damals ebenso gnadenlos bestraft wie die eigentliche Tat, und das hätte sie umgebracht.

Irgendwann muss ich dann im Laufe der Nacht doch noch vor lauter Erschöpfung eingeschlafen sein, denn erst ein ohrenbetäubendes Schlüsselrasseln ließ mich wieder kerzengerade im Bett sitzen. Eine kleine Klappe in der Mitte der Tür öffnete sich. Es dauerte einige Augenblicke, bis sich mein Erinnerungsvermögen wieder einstellte. Insgeheim hatte ich noch gehofft, dass sich alles nur als ein mieser Traum wie nach einem zu fetten Essen herausstellen könnte, aber meine grauen Zellen arbeiteten bereits wieder auf Hochtouren und ich sah mich deutlich mit der ernüchternden Wirklichkeit konfrontiert. Diese Wirklichkeit wurde dann auch ganz konkret von zwei Händen ohne Gesicht als Blechnapf mit dazu passender Tasse in meine Zelle geschoben. Zögerlich nahm ich beides auf der anderen Seite in Empfang. Mein Blick fiel in den Napf und was sich da meinen Augen offenbarte forderte meinen Magen auf, in einen sofortigen Generalstreik zu treten. In einer gräulichen, undurchsichtigen Brühe schwamm ein rundliches, wabbelndes Ding, welches dem Betrachter nicht gerade den Eindruck vermittelte, als könne es die Eingangskontrolle der Geschmacksnerven so ohne weiteres passieren. Es entpuppte sich späterhin als ein aufgeweichtes Brötchen, doch im ersten Moment rief es einfach nur schieren Ekel in mir hervor. Bei dem Getränk handelte es sich um eine undefinierbare Mixtur. Rein spekulativ tippte ich auf Kaffee angereichert mit diversen, nicht zu erkennenden alchemistischen Zusätzen, aufgelöst in Wasser, wobei letzteres in dieser zweifelhaften Rezeptur prozentual eindeutig an oberster Stelle rangierte. Angewidert stellte ich beides zur Seite und warf mich wieder auf mein Bett und starrte in den Raum. Jetzt, getaucht in helles

Sonnenlicht, machte die Zelle einen weniger bedrohlichen Eindruck auf mich als in der vergangenen Nacht. Sie war frisch gekalkt und der Boden schien auch vor nicht allzu langer Zeit eine Wäsche abbekommen zu haben, zumindest gab es keinerlei sichtbar herumliegende Tierkadaver.

Was passierte jetzt weiter mit uns, wie lange wollten sie uns hier festhalten und kommen wir überhaupt jemals wieder nach Hause? Alles Überlegungen, die mir an diesem Morgen des stumpfsinnigen Brütens durch den Kopf wanderten. In dieser Zeit war es absolut nicht unüblich, dass politisch unbequeme Zeitgenossen plötzlich rein zufällig mal von heute auf morgen verschwanden und kein Mensch, selbst die eigene Familie, wusste, wo sie abgeblieben waren. Stand uns ein ähnliches Schicksal bevor? Meine Gedanken drehten sich im Kreis.

Die Stunden vergingen und es tat sich nichts. Keinerlei Geräusche im Gebäude, keine Menschenseele ließ sich bei mir blicken. Ich war komplett abgeschnitten von der Außenwelt, sozusagen lebendig begraben und ob man es nun will oder nicht, in dieser Abgeschiedenheit kommen einem die wildesten Gedanken angeflogen und machen es sich im Hirn bequem. Plötzlich hatte ich die totale Panik, sie vergessen mich hier in diesem Loch und keine Sau vermisst mich. Um nicht völlig abzudrehen begann ich, in meiner Zelle auf und ab zu latschen, warf mich, wenn ich müde wurde, wieder auf mein Bett und latschte anschließend weiter. Inzwischen wurde es hier ziemlich warm und stickig in der Zelle. Seit mehr als achtundvierzig Stunden steckte ich bereits in ein und den selben Klamotten, was sich bei dieser Hitze natürlich auch bemerkbar machte. Mein Körper verlangte dringend nach einer Generalreinigung, welche sich allerdings in Anbetracht meiner augenblicklichen Lage als ein Riesenproblem entpuppte. Das Waschen ging noch ganz gut. Zwar war das eiskalte Wasser aus dem Hahn erst mal ziemlich gewöhnungsbedürftig und Seife oder ein Handtuch gab es auch nicht, aber die warme Luft trocknete mich schnell. Das nächste Dilemma war, ich hatte keine Wäsche zum Wechseln in der Zelle, denn bei unserer Verhaftung mussten wir alle persönlichen Sachen bis auf die Kleidung, die wir auf dem Leib trugen, abgeben. Also wickelte ich mich in eine der kratzigen Pferdedecken, die auf den Betten lagen und hämmerte gegen die Tür. Es dauerte nicht lange, da rasselte es im Schloss. Eine mürrische alte Schachtel in Uniform glotzte herein. Wie erwartet verstand sie natürlich kein deutsch und ich konnte auch ihre Sprache nicht. Ich kramte alle meine verstaubten und mehr als mickrigen Russischkenntnisse heraus und versuchte, ihr in der Weltsprache des Ostblocks mein Anliegen klar zu machen. Aber sie glotzte nur noch verständnisloser drein und knallte die Tür wieder zu. Also keine frischen Sachen – ich ergab mich meinem Schicksal. Langsam begann ich wieder zu schwitzen und die alte Decke verbreitete einen unangenehmen Juckreiz auf meiner Haut. So gut es irgend ging schrubbte ich meine Klamotten in dem winzigen Handwaschbecken unter eiskaltem Wasser, bis sich ein halbwegs akzeptabler Reinigungserfolg einstellte. Anschließend hängte ich die Sachen am Fenster zum Trocknen auf. Dass sich dabei im Laufe der Zeit einige Pfützen am Boden sammelten, war mir völlig schnuppe.

Das Mittagessen kam und es sah nicht besser aus als das Frühstück. Wieder so ein undefinierbarer kulinarischer Unfall. Großzügig verzichtete ich darauf, obgleich mir mein Magen vor Hunger schon in den Kniekehlen hing. Am Abend dann endlich ein Lichtblick. Neben dem dubiosen Blechnapfinhalt gab es zumindest ein kleines Stück trockenes Brot, gerade ausreichend um die Wölfe in meinem Bauch wenigstens für kurze Zeit zu beruhigen. So gingen die Tage dahin. Immer das gleiche Prozedere. Frühstück, Mittag, Abendessen und ansonsten nichts außer warten. Aber auf was?

Es war am fünften Tag meines unfreiwilligen Aufenthaltes, als plötzlich zwei Aufseherinnen meine Zelle betraten und mir Handschellen verpassten. Sie brachten mich runter in den Gefängnishof. Dort wartete ein Bus. Vor dem Einsteigen nahmen sie mir die Handschellen wieder ab und ich bekam zu meiner Verwunderung auch mein Gepäck zurück. Im Bus saßen schon jede Menge andere Gefangene, bei deren Anblick mir ziemlich mulmig in der Magengegend wurde. Männer und Frauen in zerschlissenen Uniformen mit kahlgeschoren Köpfen. Panik ergriff mich und ich dachte," ach du scheiße", hoffentlich musst du demnächst nicht auch so durch die Gegend laufen! So komplett mit Glatze würde ich bei meiner Rückkehr meinen Eltern sicher nicht gerade einen erfreulichen Anblick bieten. Dann brachten sie auch schon die anderen drei und sie verteilten uns so geschickt, dass wir unmöglich miteinander reden konnten. Stundenlang karrten sie uns durch die Gegend und ich dachte schon, wir würden auf direktem Weg nach Berlin düsen, als wir am frühen Abend dann durch ein mittelalterliches Tor in eine Art Burghof fuhren. Der Bus stoppte und ich staunte nicht schlecht, denn umgehend erschien auch hier das mir schon hinlänglich vertraute Wachpersonal.

Die mittelalterliche Burg entpuppte sich, wie niedlich, doch tatsächlich als Knast. Die einheimischen Gefangenen schienen ihr Ziel erreicht zu haben und wurden als erstes aus dem Bus geholt. Uns hingegen parkten sie für die Nacht einzeln in einer Art Arrestzelle zwischen, um uns dann am nächsten Morgen mit einem Jeep weiter nach Prag zu bringen.

Auch in Prag wieder altes Gemäuer, zu-mindest stand das Haupthaus mit seinen groben Natursteinen schon länger als zweihundert Jahre. Die diversen Anbauten schienen der steigenden Kapazitätsnach-frage geschuldet und neueren Datums zu sein. Alle Gebäude gruppierten sich um den riesigen Innenhof, der mich eher an einen Marktplatz erinnerte. Hier herrschte geschäftiges Treiben. Ich sah Menschen mit kahlgeschorenen Köpfen und ausgemergelten Gesichtern, so grau und blass wie Haferschleim. Braune, filzartige Lumpen umschlossen ihre Körper und hielten die klapprigen Knochen zusammen. Jeder von ihnen schleppte irgendeine Kiste oder einen Kübel durch die Gegend und ihr Gang glich eher dem einer Raubkatze auf der Jagd. Schleichend und ständig auf der Hut, rechtzeitig den weniger freundlichen Aufmunterungen in Form von Hieben mit dem Gewehrkolben des jeweilig begleitenden Wachpostens auszuweichen. Das ganze Szenario erinnerte mich stark an die vielen schrecklichen Filme über deutsche Konzentrationslager in der Nazizeit, nur lebten wir jetzt im Jahr 1980 und es regierte die Partei der Arbeiterklasse. Doch davon konnte ich hier weit und breit keine Spur entdecken.

Wir wurden wieder voneinander getrennt und sie brachten mich in eine Zelle im Haupthaus. Ich war einigermaßen überrascht, denn im Vergleich zu meinen bisherigen Behausungen fand ich mich in einem recht großen und für tschechische Knastverhältnisse einigermaßen sauberen Raum. Die Wände bestanden aus nicht bearbeitetem Felsgestein, nur mit weißer Kreidefarbe überstrichen, welche dem Verlies wenigstens ansatzweise eine hellere Note verlieh. Auch hier beschränkte sich die Ausstattung wieder auf den Tisch, einen Stuhl, das Bett und ein Klo, dieses Mal allerdings in Form eines Eisenbeckens. Das Größte aber waren die Gitter im Raum. Betrat man die Zelle, stand man zunächst in einem schmalen Vorraum, der von der eigentlichen Zelle durch ein dickes Gitter getrennt wurde. In dieser Gitterwand eine ebensolche Tür. Es sah hier echt aus wie in einer Gefängniszelle in einem alten Western.

Die Tür flog hinter mir zu und in der Stille meines Verlieses schwoll das Klappern des Schlüssels zu einem ohrenbetäubenden Rasseln an. Ich war wieder allein mit mir und meine Hoffnung, ihnen unsere kleine Exkursion an die Grenze doch noch als Missverständnis verkaufen zu können, schrumpfte mit jedem Tag mehr und mehr. Wieder schlichen die Tage in einer langsam schmerzhaften Eintönigkeit dahin. Immer der gleiche Tagesablauf, um sechs Uhr wecken, um sieben Uhr flog die Tür auf und ein Leidensgenosse in gestreifter braungrauer Häftlingsbekleidung schlurfte zu mir ans Gitter und drückte mir hastig und wortlos eine Blechtasse mit einem undefinierbarem lauwarmen Inhalt und eine Schüssel mit Brot in einer Suppe, die aussah wie das Abwaschwasser meiner Mutter nach dem letzten Hausputz, in die Hand. Die Tür flog zu und wieder krankmachende Ruhe. Gegen zwölf dann das gleiche Spiel, wieder der Kollege mit Tasse und Blechnapf, wieder undefinierbare Pampe in der Schüssel. Einzig das Abendessen gegen sechs brachte ein wenig Abwechslung auf den Tisch. Da gab es etwas, was doch im Entferntesten an Tee erinnerte und tatsächlich zwei Scheiben Brot am Stück. An Luxus wie Butter war natürlich nicht zu denken und die zwei Scheiben Wurst hatten ihre besten Tage auch schon hinter sich. Aber immerhin, es

ging gerade so durch den Hals, während-
dessen ich auf Frühstück und Mittagessen
lieber verzichtete. Ansonsten passierte
nichts. Ab und zu schaute ich aus dem
Fenster und sah mir das rege Treiben auf
dem Gefängnishof an. Allerdings durfte
ich mich nicht dabei erwischen lassen,
denn es war für einen Untersuchungshäft-
ling strengstens verboten, aus dem Fenster zu schauen. Jegliche Kontaktaufnahme mit anderen Gefängnisinsassen war
laut Hausordnung, die in mehreren Sprachen in jeder Zelle die Wand schmückte,
strikt untersagt. Ich tat es der Abwechslung wegen dennoch und zweimal erwi-
schten sie mich dabei. Es gab jedes Mal
einen Riesenaufstand. Mein Bett wurde an
die Wand geschlossen und sie nahmen
mir den Stuhl aus der Zelle. Zur Strafe für

meine Missachtung ihrer Anordnung durfte ich nun stundenlang in meiner Zelle stehen. Nach dieser Aktion wartete ich jetzt immer bis ich sicher sein konnte, dass kein Wachpersonal mehr auf den Fluren herumschlich und schaute dann aus dem Fenster.

Es war etwa der fünfte oder sechste Tag, den ich nun schon wartend hier verbrachte, so genau konnte ich das nicht mal sagen, denn gefangen in diesem Verlies, ohne jegliche Orientierung, verliert die Zeit schnell ihre Bedeutung, als es plötzlich mal wieder im Schloss rappelte und die Tür außerhalb der Fütterungszeit aufgerissen wurde. Ich war total baff, denn im Rahmen baute sich, anstelle des mir schon vertrauten Leidensgenossen, ein Wärter auf und in seinen Händen hielt er tatsächlich meine Klamotten. Ich konnte mein Glück kaum fassen, dachte ich doch allen Ernstes, sie hätten ihr Unrecht eingesehen und ich könnte munter so mir nichts dir nichts aus dem Knast spazieren. Doch weit gefehlt! Jetzt fing die ganze Show erst richtig an!

Wortlos drückte er mir mein Gepäck in die Hand und schob mich aus der Zelle. Auf dem langen Gang standen schon die anderen drei, ebenfalls ihre Sachen unter dem Arm. Wir schauten uns stumm an und in ihren Augen las ich zu meiner Beruhigung, dass auch sie nicht vom vereinbarten Kurs abgewichen waren. Streng bewacht luden sie uns in einen geschlossenen Transporter und kaum das wir saßen rollte das Teil auch schon vom Gefängnishof. Wir saßen in dem Wagen hintereinander jeweils mit einem Aufpasser an der Seite, und an Quatschen war absolut nicht zu denken. Während ich noch überlegte, ob die uns mit der altersschwachen wackeligen Kiste von Prag nach Berlin fahren wollten, stoppte das Vehikel auch schon wieder und wir wurden ausgeladen. Jetzt staunten wir nicht schlecht, denn wir standen hier mitten auf einer der Rollbahnen des Prager Flughafens und vor uns wartete schon eine kleine Maschine mit laufenden Motoren. Unglaublich, die wollten uns jetzt doch tatsächlich nach Hause fliegen. Vor dem Flieger standen neun weitere Personen, davon zwei Frauen. Alles Wachpersonal und ein Stasioffizier, der die Formalitäten erledigte und unsere Papiere entgegennahm. Mit Handschellen und Fußketten gefesselt brachte man uns in den Flieger. Jeweils zur rechten und linken Seite einen Bewacher. Insgeheim konnte ich mir ein Grinsen nicht verkneifen, für wie blöd hielten die uns denn? Sie taten ja gerade so, als wenn wir total scharf darauf gewesen wären, in ein paar tausend Metern Flughöhe aus dem Flieger abzuhauen. So lebensmüde waren wir nun doch wieder nicht. Einfach grotesk und lächerlich, diese ganzen Fesseln! Nach über einer Stunde Flug landeten wir in Berlin - Schönefeld, weit abseits vom normalen Flugbetrieb auf dem Diplomatenrollfeld und wir wurden hier auch schon sehnlichst erwartet. Vom Flieger bis zum Transporter hatten Soldaten mit Maschinengewehr im Anschlag zu beiden Seiten der Gangway Posten bezogen und gefesselt wie die Westpakete wurden wir durch diese Gasse gelotst. Der Transporter, im Volksmund auch „grüne Minna" genannt, war ein lustiges Gefährt. Äußerlich sah das Ding aus wie ein stinknormaler Kastenwagen, allerdings mit winzigen Sehschlitzen entlang der oberen Seiten, innen jedoch war er in kleine Zellen, welche mich direkt an ein Klo in einen Bahnwaggon erinnerten, unterteilt. Damit brachten sie uns in die Untersuchungshaftanstalt Keibelstrasse, auch „Alcatraz am Alex" genannt, direkt gegenüber dem berühmten Alexanderplatz gelegen und gut in einem ganzen Häuserblock getarnt.

Alcatraz am Alex

Jeder von uns kam in einen separaten Aufnahmeraum. Drinnen lauerte schon das Wachpersonal, eine Frau und zwei Männer auf mein Erscheinen. Ich musste mich an die Wand stellen während sich die Herren durch meine getragenen Shirt und Unterwäsche wühlten und alles haarklein katalogisierten. Dann kam ich an die Reihe, ich wurde vermessen und von allen Seiten fotografiert. Als nächstes nahmen sie sämtliche Fingerabdrücke, wie bei einem Schwerverbrecher. Aber den wirklichen Kracher hatten sie sich genüsslich für den Schluss aufgehoben! Nachdem sie mich also gründlichst für die Knastakte bearbeitet hatten, sollte ich mich plötzlich komplett ausziehen. Ich dachte, ich hör nicht richtig. Ich sollte mich hier vor diesen wildfremden Typen nackt ausziehen? Das konnte doch nur ein Hörfehler gewesen sein und ich weigerte mich entschieden, worauf die Beamtin ziemlich ungehalten reagierte und ihrer Forderung mit einem heftigen Stoß in meine Seite den nötigen Nachdruck verlieh. Langsam wie in Zeitlupe schälte ich mich aus meinen Hüllen, immer mit einem schielenden Auge auf die beiden Aufseher. Die schienen an einen solchen Anblick mehr als gewöhnt zu sein und würdigten mich kaum eines Blickes, mir hingegen war das ganze mehr als unangenehm und als ob diese oberpeinliche zur Schaustellung nicht schon genug gewesen wäre, musste ich mich anschließend breitbeinig über einen auf dem Boden liegenden Spiegel stellen und drei Kniebeugen machen, während das Personal völlig teilnahmslos meine intimsten Körperöffnungen inspizierte. Anschließend steckte mir die Tussi zur Krönung noch ihren Finger in den Hintern, um auch die allerletzte Ecke meines Allerwertesten auf versteckte Objekte zu untersuchen. Das war ja wohl die krasseste Nummer, die ich je erlebt hatte! Noch niemals in meinem ganzen Leben hatte ich mich so mies und gedemütigt gefühlt wie in diesem Augenblick, am liebsten wäre ich vor lauter Scham sofort in den Boden versunken. Aber der Mensch ist ja bekanntlich ein Gewohnheitstier und auch ich gewöhnte mich im Laufe der Zeit an diese Art der Kontrollen, denn es sollte bei weitem nicht mein letzter Tanz über dem

Spiegel gewesen sein. Anschließend brachten sie mich in eine Zelle.

Drei Schritte von Wand zu Wand, sechs Schritte von der Tür zum Fenster, ein Tisch, zwei Hocker, ein Etagenbett, ein Regal mit zwei Fächern, dazu ein Waschbecken und das Klo. Alles umgeben von hohen, mit grüner Ölfarbe getünchten Wänden. Eine Neonleuchte schickte von sechs Uhr morgens bis zweiundzwanzig Uhr abends unerbittlich ihr kaltes Licht herunter. Hier saß ich nun, zwar wieder in der Heimat, aber doch weggesperrt von jeglichem Leben.

Vor einer Stunde hatte man mir offiziell den Haftbefehl ausgehändigt. Verhaftet wegen unerlaubtem Grenzübertritt, Paragraph 213 - „Republikflucht" und noch dazu in einem „schweren Fall" weil wir zu viert waren, wurde mir zur Last gelegt.

Na toll! Klar ist mir das Wort Republik-flucht schon oft zu Ohren gekommen, aber was ganz genau dieser Paragraph bedeutete und was mich jetzt erwartete - ich hatte null Plan. Das war mir jetzt auch ziemlich egal, denn zunächst schleppten sie mich erst mal zu einem Arzt, der mei-ne Hafttauglichkeit bestätigte und an-schließend musste ich unter die Dusche. Das gefiel mir schon wesentlich besser. Nach fast zwei Wochen Odyssee durch die halbe CSSR, in dreckiger Garderobe und nur notdürftig mit Katzenwäschen ge-reinigt, tat der heiße Wasserstrahl jetzt auf meiner Haut so richtig gut. Da meine eige-nen Sachen auf der Knasttour mehr als gelitten hatten, verpassten sie mir für´s Erste Anstaltskleidung, bis meine Eltern mir neue Sachen vorbei brachten.

Ach du Scheiße, meine Eltern! Die hatte ich ja in der ganzen Misere fast völlig vergessen. Ich hörte schon das Gezeter meiner Mutter und sah den traurigen Blick von Papa vor meinem innerem Auge und sofort fühlte ich mich wieder total elendig. Vom Wachpersonal erfuhr ich, dass meine Eltern einmal wöchentlich Sachen zum Anziehen für mich abgeben und gegen meine getragene Wäsche austauschen konnten. Zuerst überlegte ich, wie das funktionieren sollte, wo meine Eltern doch nicht wussten, dass ich hier im Gefängnis sitze, aber meine Befürchtungen waren völlig unnötig, denn die Mühlen der DDR-Gesetze mahlten ziemlich schnell. Klar wussten meine Eltern längst Bescheid. Direkt nach ihrer Rückkehr aus dem Urlaub stand bei denen auch schon die Stasi auf der Matte und sie wurden zum Verhör abgeholt.Und spätesten an dieser Stelle machte sich meine weise Voraussicht bezahlt, sie von meinem Fluchtversuch in Unwissenheit zu lassen. Damit waren sie fein aus der ganzen Nummer raus und die Stasi konnte ihnen, sehr zum eigenen Leidwesen, in dieser Hinsicht nicht das geringste anhaben. Das wurmte die Bonzen ganz besonders und im Laufe der Zeit mussten meine Eltern durchaus auch die eine oder andere Hinterhältigkeit, wobei solche Dinge wie öffentliche Diffamierung oder ein verwanztes Telefon noch zu der harmloseren Sorte gehörten, wegen mir erdulden, aber richtig was ans Zeug flicken konnte die Stasi meinen Eltern nicht. Am nächsten Morgen stand der erste „Besuch" bei meinem „Vernehmer", eine etwas charmantere Bezeichnung für den Stasi-Bullen, der mich ausquetschen sollte, an. Sie brachten mich in einen Raum, den ich auch heute noch, nach so vielen Jahren, unter hunderten sofort wiedererkennen würde. Es war ein typisches Behördenbüro zu DDR-Zeiten. An den Wänden eine großgemusterte Tapete mit Rauten in hässlichen Ockertönen. Auf der einen Seite prangte, wie in jeder staatlichen Einrichtung hierzulande, das obligatorische Foto von Erich Honecker. Ein überdimensionaler Schreibtisch mit dazu gehöriger Schreibmaschine, die ihre besten Jahre auch schon lange hinter sich hatte, Papier und jede Menge angespitzte Bleistifte. Der Aschenbecher quoll über mit Zigarettenresten und eine halb gerauchte Kippe qualmte vor sich hin. Die ganze Bude war in blauen Nebel gehüllt und es stank fürchterlich nach kaltem Rauch und Schweiß. Hinter dem Schreibtisch thronte ein leichenblasser Typ, circa Ende dreißig mit einer fetten Brille Modell á la Robert Lemke. Seine Haare hingen ihm schmierig wie die Fusseln eines alten Wischmobs um die Ohren und auf dem Kopf zeigten sich schon die ersten kahlen Stellen. Das Hemd klebte ihm am Körper und große Schweißränder zeichneten sich unter den Achseln ab. Nervös fummelten seine eklig langen Finger an einem der Bleistifte und ab und zu zog er nebenbei an der Kippe. Der Rest der Karikatur blieb unter dem Schreibtisch verborgen und das war auch ganz gut so, denn ich verspürte nicht die geringste Lust, ihn in seiner kompletten Pracht kennen zu lernen. Innerlich schüttelte es mich beim Anblick dieses unangenehmen Zeitgenossen, aber ich ließ mir nichts anmerken, denn jetzt galt es die Grütze beisammen zu halten und auf der Hut zu sein. Jedes falsche Wort konnte mich noch weiter in die Kacke reiten. Ich stellte mich erst mal wieder völlig doof und setzte mich brav auf den Stuhl, den er mir anbot. Dann kam von seiner Seite eine ganze Weile nichts. Während er weiter mit seinen Stiften spielte und die nächste Zigarette aus der Schachtel fingerte, starrte ich auf die Qualmwolke der vorangegangenen, welche im nachmittäglichen Sonnenlicht bizarre Formen annahm. Schweigen nur unterbrochen von einem minutenlangem Hustenflash seinerseits, bei dem ich dachte, der Unsympath kotzt sich jeden Augenblick die Lunge aus dem Leib. Dann wieder Ruhe und die nächste Kippe. Das alles zog sich etwa eine Stunde oder länger hin. Wir belauerten uns, er auf der einen und ich auf der anderen Seite dieses Monsterschreibtischs. So langsam merkte ich, wie die Wut sich meiner bemächtigte. Mein Hintern fing an mir weh zu tun von dem dämlichen Holzstuhl und sein schweigendes Glotzen ging mir tierisch auf den Keks. Am liebsten wäre ich aufgesprungen und hätte ihn angeschrien, nun sag schon endlich was du von mir willst du Lusche oder lass mich gehen. Aber so lief das Spiel, wer als erster die Nerven verliert ist der Loser. Ich ließ mir nichts anmerken und stierte scheinbar völlig teilnahmslos in die Gegend. Endlich, nach einer gefühlten

Ewigkeit, ließ er den Ballon platzen. Wie eine Echse, die sich in die Sonne reckt, schob er seinen Kopf ein Stück nach vorn und maulte mich plötzlich an, was ich mir eigentlich einbilden würde, nur wegen mir müsste er hier sitzen.

Hä? Ich war im ersten Moment perplex und wusste überhaupt nicht, worauf die Schnarchnase hinaus wollte. Schon vergessen Meister – das hier ist dein Job! Also bitteschön, rück mal raus mit der Sprache!

Was folgte war eine ziemlich lange Hasstirade von wegen, was ich doch für ein undankbarer schlechter Mensch bin, würde ich doch so feige und hinterhältig dem ach so guten und stets fürsorglichen Staat schnöde den Rücken kehren wollen. Alle Annehmlichkeiten hätte ich abgegriffen und nun wolle ich einfach klammheimlich in den Westen abhauen. Ich wäre ja total undankbar und das allerletzte Subjekt.

„Mann Alter, hol bloß Luft zwischendurch, sonst krepierst du noch vor mir!" dachte ich bei seinem lautstarken Ausbruch und ließ ansonsten völlig unbeeindruckt seinen Monolog auf mich niederprasseln. Während der Typ gerade zur Hochform auflief und sich so richtig in Rage quatschte, kramte ich mir schon mal einige Antworten zusammen. So wie es aussah, schienen die drei anderen bei unserer Urlaubsgeschichte geblieben zu sein, jedenfalls ging aus den Aussagen nichts Gegenteiliges hervor. Der Typ war richtig gut in Fahrt. Nachdem sein Redeschwall allmählich langsam abebbte, witterte ich meine Chance. Unverfroren jubelte ich ihm die altbekannte Story unserer Wanderferien und dem verpeilten Weg unter die Jacke. Der Kerl glotzte mich an wie ein Schwein ins Uhrwerk und fassungslos ob meiner Frechheit nach Luft schnappend, schnellte er aus seinem Stuhl hoch und pflanzte sich in voller Positur vor mich auf die Schreibtischkante. Anscheinend wollte er mich mit seiner respekteinflößenden Größe beeindrucken. Beim Anblick dieses mageren Würstchens rutschte ich mit meinem Stuhl ein wenig nach hinten und gönnte ihm einen unschuldigen Augenaufschlag. Der Typ stutzte kurz und wand sich wieder hinter seinen Schreibtisch. Wieder Stille, aber ich sah es hinter seiner Stirn arbeiten. Die Adern an seinen Schläfen quollen wie fette Regenwürmer heraus und nervös griff er zur nächsten Zigarette.

Hastig und tief inhalierte er den blauen Dunst und ich fragte mich gerade, wer hier wohl nervöser war, er oder ich, als er mir mit der kumpelhaften Nummer um die Ecke kam. So also läuft der Hase Burschi, na dann hau mal rein. Seinerseits folgten nun die üblichen Aufzählungen diverser Schreckensszenarien, welche meine Familie plötzlich ereilen könnten. Möchtegern - Horrorgeschichten, was so alles rein zufällig passieren könnte und ob ich das denn wirklich verantworten könne. Obwohl mir bei seinen Ansagen schon leicht der Arsch auf Grundeis ging, ließ ich mich von ihm nicht in die Falle locken und blieb unerschütterlich bei meiner Version der Geschichte. Nach weiteren fünf verqualmten Zigaretten und einigen gescheiterten Versuchen, mich vielleicht doch noch aus der Reserve zu locken, gab er es endlich auf. Man sah ihm seine Wut jetzt ganz deutlich an. Mich hingegen erfüllte der Augenblick seiner Niederlage mit einer bis dahin nie gekannten Euphorie. Am liebsten wäre ich auf der Stelle aufgesprungen und vor lauter Vergnügen um den Tisch getanzt. Das war mein erster persönlicher Sieg, den ich gerade gegen diesen übermächtigen Stasi-Gegner errungen hatte und es fühlte sich einfach himmlisch an. Stinksauer tippte er meine Aussage in seine Maschine und ich setzte, mir ein süffisantes Lächeln nicht verkneifend, meine Unterschrift unter das Pamphlet. Damit war ich für heute aus der Märchenstunde entlassen. Auch wenn im Laufe der nächsten Wochen noch einige dieser netten Unterhaltungen folgten und der Typ auf immer perfidere Weise versuchte, mich weich zu kochen, änderte sich nichts an meiner Version. Ich blieb dabei.

Nach Abschluss des Verhör-Marathons durften mich meine Eltern in der Untersuchungshaft besuchen und ich hätte im Nachhinein besser darauf verzichtet, denn ich war jedes Mal total entnervt danach. Diese Art der Zusammenkunft war einfach das Letzte! Dafür brachten sie mich in einen winzigen Besucherraum.

Zwei Stühle nebeneinander, ich auf dem einen und eine Aufseherin auf dem anderen Stuhl. Direkt vor uns ein Fenster mit ein paar kleinen Löchern drin, es erinnerte mich jedes mal an einen Postschalter. Davor wieder zwei Stühle. Zum ersten Besuchstermin kam meine Mutter allein und es war grauenvoll. Ich heulend auf der einen, meine Mutter heulend auf der anderen Seite der Scheibe und neben mir der Spitzel. Außer ein paar organisatorischer Dinge meine Klamotten betreffend und die üblichen unverbindlichen Nachfragen nach dem Befinden von Papa und dem Rest der Familie konnten wir nicht wirklich miteinander reden. Über die Republikflucht und deren Drumherum durfte meine Mutter nichts fragen und ich auch nichts sagen. Also blieben uns nur die üblichen Höflichkeitsfloskeln. Ehe sie sich von mir verabschiedete, riet mir meine Mutter noch eindringlich, mir einen Anwalt zu nehmen und in der Tat, ich hatte auch schon selber daran gedacht. Zurück in meiner Zelle ließ ich mir umgehend ein Anwaltsverzeichnis kommen. Unter uns politischen Häftlingen standen derzeit die Anwälte Wolf und Vogel ganz hoch im Kurs. Ersterer für die Gerichtsverhandlung an sich und Vogel brauchte man später für die Ausreiseverhandlungen. Meine Eltern hatten sich sofort bereit erklärt, den Anwalt für mich zu bezahlen, also beauftragte ich Rechtsanwalt Wolf mit meiner Verteidigung. Im Übrigen genau DER Anwalt, der viele Jahre später nach der Wende dem damals noch amtierenden Staatsratsvorsitzenden Erich Honecker in seiner Gerichtsverhandlung über Verbrechen gegen die Menschlichkeit und die Todesschüsse an der Mauer zur Seite stand.

Nun war das ja mit Recht und Gerechtigkeit in der DDR so eine Sache. Natürlich, es gab Gesetze und Paragraphen, die sicherlich auch ein Stück weit die öffentliche

Ordnung aufrecht erhielten und das Zusammenleben in der sozialistischen Gesellschaft regelten, jedoch waren einige von ihnen im Ernstfall reine Auslegungssache und dienten dem jeweiligen Richter eher als grobe Orientierung und in Prozessen mit politischem Hintergrund bewegten sich diese Gesetze Lichtjahre entfernt von der Charta der UNO für Menschenrechte. Allein schon der Artikel 19 Abs. 2 im Kapitel 1 der Verfassung „Achtung und Schutz der Würde und Freiheit der Persönlichkeit sind Gebot für alle staatlichen Organe, alle gesellschaftlichen Kräfte und jeden einzelnen Bürger" war der blanke Hohn für jeden Republikflüchtling. Von wegen Freiheit der Persönlichkeit, alles Humbug! – Wie frei ich war, sah ich gerade mehr als deutlich und wie würdevoll ich von Seiten der staatlichen Organe und gesellschaftlichen Kräfte behandelt wurde, bekam ich am eigenen Leib bitter zu spüren!

So war denn auch unsere Gerichtsverhandlung die absolute Lachnummer, eine Farce, ja ein regelrechter Justizskandal in meinen Augen! Rechtzeitig vorgewarnt durch meinen Anwalt wusste ich in etwa, was mich erwartete, aber es kam schlimmer als ich dachte. Wie Schwerverbrecher, gefesselt an Knebelketten, wurden wir in den Gerichtssaal geführt, direkt in die erste Bankreihe vor dem Richterpult. Rechts davon unsere vier Anwälte und links der Staatsanwalt. Ein Blick auf ihn genügte und ich wusste sofort, bei diesem Typen gewinnen wir keine Schnitte. Der gemeine DDR-Bonze schlechthin, ein

Fass auf zwei Stelzen mit hochrotem Schweinskopf und Igelfrisur. Der Schweiß rann ihm in kleinen Bächen von der Stirn und tropfte seitlich auf seine Robe. Dort tummelten sich wie Schneeflocken hunderte weißer Schuppen auf schwarzem Samtuntergrund und in seinen Mundwinkeln sammelte sich der Sabber. Trotz meiner misslichen Lage musste ich über diese Karikatur kichern, was er sofort mit einem donnernden „RUHE" ahndete. In der Reihe direkt hinter uns saßen unsere Angehörigen und danach folgte das gemeine Volk. Unsere Verhandlung fand öffentlich statt und diente praktischerweise gleich als abschreckendes Beispiel für all jene, die sich mit ähnlichen Gedanken trugen. Als Letzte schwebte die Richterin nebst zwei Beisitzern in den Saal. Noch ein paar rote Socken mehr, die beim Frühstück ihr Parteiabzeichen blank geputzt hatten, dachte ich mir.

Die Richterin, eine vertrocknete alte Vettel mit schütterem Haarflaum auf dem Kopf, schnarrte mit ihrer Krähenstimme die üblichen Eröffnungsfloskeln runter und erteilte dann unserem Ekelpaket das Wort. Auf der Tagesordnung stand „Republikflucht im schweren Fall"! Mindestens 200kg schraubten sich umständlich in die Höhe, seine fetten Wurstfinger grapschten nach einem Stapel Blätter und schon donnerte er los. Es begann mit der Lobeshymne auf unser sozialistisches Vaterland und dessen gesamte Errungenschaften, steigerte sich dann in die freundschaftlichen Beziehungen zu unseren sozialistischen Bruderländern und deren Errungenschaften, flog ein Stück weiter zu unseren Freunden nach Chile und Vietnam und gipfelte schließlich in Wutausbrüche über unsere Frechheit und Undankbarkeit gegenüber der sozialistischen Gesellschaft, die ja wohl prächtig für uns gesorgt hatte. Unsere eigentliche „Straftat" fand nur am Rande Erwähnung. Wie konnten wir es wagen, mit neunzehn Jahren unserer sozialistischen Brutstätte den Rücken kehren zu wollen. Hatte der Staat und die Gesellschaft nicht alles erdenklich Mögliche für uns getan um uns zu braven sozialistischen Maulhaltern zu formen und nun, wo wir praktisch reif waren, uns mit unserer Arbeitskraft für diese reichlichen Gaben zu bedanken, wollten wir uns heimlich vom Acker machen? Bla bla bla...!

In seinen Augen waren wir Asis, Abschaum, Verbrecher, eben der letzte Dreck und genau so mussten wir auch bestraft werden. Nach etwa einer Stunde endete sein Monolog und kraftlos, wie nach der Schlacht von Waterloo, ließ er sich wieder in seinen Sessel fallen. Die Krähenstimme riss meine Gedanken aus den unendlichen Galaxien. Ich war als erste an der Reihe und obgleich es mir schon dermaßen zum Halse raus hing, tischte auch ihr bereitwillig wieder meine Urlaubsversion auf; die drei anderen folgten meinem Beispiel. Während der drei Monate Untersuchungshaft hatten wir keinerlei Kontakt zueinander denn von Seiten der Anstalt wurde peinlich darauf geachtet, dass wir uns unter keinen Umständen zufällig über den Weg liefen. Zu groß war die Sorge, dass wir unsere Aussagen untereinander absprechen könnten. Dass die Story aber schon vor unserem Fluchtversuch stand, darauf kamen die Blindfische allerdings nicht.

Auf Anraten unserer Anwälte gaben wir uns bei unseren Aussagen ziemlich zerknirscht und reumütig. Zwar standen die Urteile schon längst vor der Verhandlung fest, aber vielleicht könnte uns die Mitleids-Nummer ja doch noch den einen oder anderen Pluspunkt in der Strafzumessung bescheren. Jetzt ging es nur noch um die reine Schadensbegrenzung, denn der Tatbestand der Republikflucht lag klar auf dem Tisch und das wussten auch die Anwälte. Die Plädoyers der beiden Seiten waren eigentlich nur noch rein pro forma und so kam ich dann, wie schon erwartet, mit einem Jahr und acht Monaten Zuchthaus eigentlich noch recht billig davon. Da eine Revision von vornherein keinerlei Aussicht auf Erfolg hatte, ersparte ich mir das ganze Prozedere und damit war das Urteil für mich rechtskräftig. Die drei anderen folgten meinem Beispiel. Für meinen Anwalt hatte sich mit damit das Mandat erledigt, denn es war nicht üblich, einen rechtskräftig verurteilten Republikflüchtling weiterhin anwaltlich zu begleiten. Ab sofort war ich also ganz auf mich allein gestellt, denn jetzt begann die eigentliche Arbeit an meiner Ausreise!

Der Rote Ochse

Anfang Juli hatten sie uns geschnappt und inzwischen war es Mitte November. Mein Status innerhalb der Gefängnismauern wechselte nach dem Prozess von „Untersuchungsgefangene" auf „Strafgefangene" und somit erfolgte für mich nochmal ein erheblicher gesellschaftlicher Abstieg. Ich trug's mit stoischer Gelassenheit, denn ich hatte mit dieser Gesellschaft sowieso schon lange abgeschlossen. Mein Tagesablauf war jetzt „ausgefüllt" mit Arbeit: wir montierten im Akkord Kabelbäume für irgendeine Lampenfirma, lasen was, die Knastbibliothek hergab und zwischendurch Freigang.

Diese Art der Zwangsbewegung war auch

so eine lustige Sache. Ob man wollte oder nicht, zwanzig Minuten täglich wurden wir gelüftet und nur eine ärztliche Bescheinigung bewahrte einen davor. Eigens zu diesem Zweck hatten sie auf dem Dach des Gebäudes ein Rondell mit hohen Mauern gebaut. Das ganze war wie eine Torte in einzelne Zellen geteilt. Von oben war das ganze Konstrukt mit begehbaren Gittern gesichert und in der Mitte thronte ein Wachturm. Die Gitter ließen zwar Licht und Sonne rein, beides wurde aber von den hohen Wänden sofort wieder aufgesogen und man hatte eher den Eindruck, sich in einem kalten feuchten Kellerverlies zu befinden als an der frischen Luft. Jeder Gefangene wurde in ein Tortenstück gesperrt und durften dann, unter ständiger Kontrolle des Wachpersonals von oben, zwanzig Minuten an der „frischen Luft" spazieren gehen. Es stank erbärmlich nach Moder in diesen Zellen.

Meine Eltern durften mich jetzt, da ich Strafgefangene war, nur noch einmal im Monat sehen und das auch nur, wenn ich mich ordentlich benommen hatte, schließlich war ja so ein Besuch eine Vergünstigung, die man sich erst mal erarbeiten musste. Die Klamotten konnten allerdings noch wöchentlich getauscht werden. Auf diese Weise erfuhren sie dann auch rein zufällig, dass ich „auf Transport" gegangen bin. Als meine Mutter nämlich kam um mir neue Wäsche zu bringen, drückten sie ihr diese mit der Bemerkung „kein Bedarf mehr" wieder in die Hand. Eine offizielle Mitteilung über meine Verlegung erhielten sie erst vier Wochen nach meinem Abtransport ins Zuchthaus.

Es war noch mitten in der Nacht, als plötzlich das Licht angeschaltet wurde. Ich musste mich umgehend anziehen und aus meiner Zelle, die ja eigentlich die Bezeichnung „Verwahrraum" trug, treten. Wortlos brachten sie mich in den mir so bekannten Aufnahmeraum, wo schon mein Gepäck stand. Wieder die Prozedur – nackt mit den drei Kniebeugen über dem Spiegel, sozusagen als Abschiedsritual. Unten im Hof wartete die grüne Minna und ich wurde eingeschlossen. Dann ging´s los. Die Fahrt dauerte nicht sehr lange und ich staunte nicht schlecht, als sie mich raus holten und der Wagen vor zwei Viehwaggons auf dem Ostbahnhof stand. Es war noch dunkel, aber die Waggons wurden mit Scheinwerfern angestrahlt und jede

Menge Wachposten tummelten sich auf dem Bahngelände. Das Innere der Waggons war auch wieder in winzige Verschläge abgeteilt. Eine Holzbank und ein Sehschlitz, sonst nichts! Es war so eng in dem Kasten, dass meine Knie beim Sitzen an die Wand stießen und ich mich kaum bewegen konnte. Nach einer schier endlosen Fahrt, während derer mein gesamter Knochenbestand neu sortiert wurde, stoppte der Zug plötzlich und wir wurden ausgeladen. Zum ersten Mal sah ich, dass es sich um einen Sammeltransport aus verschiedenen Haftanstalten handeln musste, denn außer mir kamen noch jede Menge andere Häftlinge, die ich nicht kannte, aus den beiden Waggons geklettert. Der Zug stand jetzt mitten auf dem Leipziger Hauptbahnhof zur morgendlichen Rushhour und die Wartenden glotzten nicht schlecht, als unsere Truppe, eskortiert von schwer bewaffnetem Wachpersonal, einmal komplett durch den Bahnhof zum nächsten Zug geführt wurde. Nach weiteren gefühlten drei Stunden, in denen ich wieder so richtig durchgeschüttelt wurde, hatte der Zug endlich sein Ziel erreicht. Dieses Mal luden sie uns auf freier Strecke in den bereitstehen Transporter um. Ich hatte schon lange jegliche Orientierung verloren und wusste überhaupt nicht, wo ich mich befand. Kein Bahnhof, keine Ortsschilder, nichts, was auch nur den kleinsten Hinweis auf unseren derzeitigen Aufenthaltsort hätte geben können.   Völlig ahnungslos erreichte ich das Zuchthaus in Halle an der Saale – den Roten Ochsen.

Die korrekte Postanschrift lautete „ Straf-vollzugsanstalt Am Kirchtor 20, Halle/Saale", im Volksmund nur Roter Ochse genannt. Den Namen verdankte der rote Backsteinbau aus der königlich-preußischen Zeit entweder der roten Farbe seiner Steine oder seiner sehr prägnanten Architektur, denn an den Zellentrakt der Einrichtung schlossen sich an der Vorderfront zu beiden Seiten zwei Treppentürme an, und mit sehr viel Fantasie, oder dem einen oder anderen Rauschmittel intus, konnte man darin die entfernteste Ähnlichkeit mit einem Ochsenkopf erkennen. Eröffnet wurde der Knast 1842 und diente den Preußen als „Straf-, Lern- und Besserungsanstalt", später dann auch als Hinrichtungsstätte; während der Nazizeit sogar als Haupthinrichtungsstätte und bis

Kriegsende starben hier 549 Gefangene aus 15 Ländern durch Fallbeil oder Erhängen. Nach Kriegsende, in der sowjetischen Besatzungszone, befand sich dort ein Lager für Kriegsgefangene. Bis 1950 fanden im Roten Ochsen die Militärgerichtsprozesse der Russen statt, später übernahm die DDR die Räumlichkeiten . Ab 1952 befand sich im Hauptgebäude an der Straße das Untersuchungsgefängnis des Ministerium für Staatssicherheit sowie auch deren Dienstsitz mit den Abteilungen VIII (Beobachtung und Ermittlung), IX (Untersuchungsorgan) und XIV (Untersuchungshaft und Strafvollzug) sowie der Arbeitsgruppe XXII (Terrorabwehr) der MfS-Bezirksverwaltung Halle. Bis zum Jahr 1989 durchliefen in Halle über 9.000 Personen die MfS-Untersuchungshaft.

Im Seitengebäude mit den Türmen befand sich der Strafvollzug für Frauen mit 470 Haftplätzen. Heute ist der Rote Ochse eine Justizvollzugsanstalt (JVA Halle) und eine Gedenkstätte für die Opfer politischer Verfolgung und Regimegegner der beiden deutschen Diktaturen.

Zu meiner Zeit befanden sich noch einige Nebengebäude wie die Küche mit Speisesaal und eine Wäscherei für die Häftlinge sowie diverse Produktionsstätten vom Schuhkombinat Weißenfels auf dem Gelände.

Der Wagen hielt in der Schleuse und die Strafgefangenen wurden von den U-Häftlingen weggebracht in eine Art Aufnahmestation, die sich im Keller des Seitengebäudes befand.

Plötzlich und völlig unerwartet traf ich hier

Nina wieder, die ich seit unserer Urteils-
verkündung nicht mehr gesehen hatte. Zuerst glaubte ich an Halluzinationen, denn
normalerweise sollte jeglicher Kontakt zu
anderen Tatbeteiligten strikt unterbunden
werden, aber Nina saß leibhaftig vor mir
und fummelte an irgendwelchen Lederfet-
zen rum. Augenscheinlich hatte hier aber
jemand vom Personal mächtig gepennt,
denn wir befanden uns ohne jegliche Bewachung gemeinsam in einem Raum. Im
ersten Moment starrte sie mich total ent-
geistert an, aber schon im nächsten Augenblick lagen wir uns mit einem riesigen
„Hallo" in den Armen. Sie war bereits eine
Woche vor mir in Halle angekommen und
konnte mir schon mal jede Menge nützli-
cher Tipps rund um den Zuchthausalltag
hier verpassen. Auch war ich total erleich-

tert und freute mich wie ein Schneekönig, dass ich meine Zeit nicht mutterseelenallein hier im Knast absitzen musste. Wir hingen gerade so gemütlich beim Quatschen ab, als plötzlich zwei Wachtmeisterinnen im Raum standen. Sofort sprangen die anderen Häftlinge auf und machten eine akkurate Meldung bezüglich der Belegungsstärke. Wir Neulinge blieben völlig entspannt auf unseren Stühlen kleben, zwar kannte ich diesen Vorgang schon aus meiner Zeit in der Untersuchungshaft, fühlte mich aber nicht unbedingt angesprochen. Das Personal sah dies etwas anders,   „Stillgestanden und Meldung!" herrschten sie uns an. Nicht sonderlich beeindruckt erhob ich mich betont langsam, denn an den rüden Umgangston hatte ich mich in der U-Haft längst gewöhnt:

„Fünf Neuzugänge angetreten", parierte ich teilnahmslos.

Als erstes stand die Kleiderkammer für uns Ankömmlinge auf der To–do-Liste. Ich musste wieder meine komplette Garderobe abgeben und gegen Anstaltskleidung eintauschen. Wobei „Anstaltskleidung" hier weniger zutreffend war, denn bei den Sachen, die man mir aushändigte, handelte es sich in Wirklichkeit um die alten, ausgemusterten Uniformen des Wachpersonals. Ich bekam zwei Hosen, eine Jacke und einen Mantel. Alles in dunkelblau. Die Goldknöpfe, welche üblicherweise die Uniformen zierten, waren durch normale Plastikknöpfe ersetzt worden und man sah noch ganz deutlich die Nähte der abgetrennten Rangabzeichen. Dazu gab es drei Blusen in Hellgrau und passende

Kniestrümpfe. Ein paar alte ausgelatschte Schuhe pro Person, wobei ich noch das große Glück hatte, auch welche in meiner tatsächlichen Größe zu erhalten, denn das war bei weitem nicht selbstverständlich. Der Gipfel der Frechheit war allerdings die bereits getragene Unterwäsche. Sieben Hemden und sieben Unterhosen in schmuddeligem Grau, wobei die Unterhosen echt den Vogel abschossen, denn sie hatten nicht etwa die von mir bis dato bevorzugte Slip-Form. Eher könnte man sie mit den heutigen Boxer Shorts für Männer vergleichen, also mit angesetzten Beinen. Außerdem waren sie von der häufigen Wäsche steinhart. „Na super erotisch", dachte ich mir, als ich in eines der Teile schlüpfte. Obwohl hier im Knast das Thema „Erotik" bei mir in keinster Weise Rolle spielte, hätte ich dennoch liebend gern etwas weniger antiquierte Leibwäsche bevorzugt. Des weiteren gab es für jeden Häftling eine Zahnbürste, ein Stück Seife der billigsten DDR-Marke, die dann auch dementsprechend auf der Haut stank, eine Flasche Haarshampoo und einen Kamm, der so winzig war, dass ich mir gerade mal meinen Pony damit kämmen konnte. Den Schluss machte eine Rolle Klopapier mit der dazugehörigen Bemerkung des Kalfaktors, dass diese einen Monat reichen müsse. Am nächsten Schalter wurde uns unsere Bettwäsche ausgehändigt, ein graues Laken, das so fest gemangelt war, dass es schon von ganz allein in der Ecke stand, ein Kopfkissen- und Bettbezug im typischen Knast Muster blau – weiß kariert und zwei kratzige dunkelbraune Pferdedecken, wobei eine davon als Kopfkissen herhalten musste. Der ganze Krempel verschwand in einem Wäschesack mit meiner Häftlingsnummer. Nach dem Kleidertausch schleppten sie uns zum medizinischen Dienst, um sich erneut die Hafttauglichkeit jedes einzelnen bescheinigen zu lassen. Auf dem Weg dahin konnte ich in einer Glastür ein flüchtiges Spiegelbild von mir erhaschen und fiel fast tot um vor Lachen. Die Uniformhosen, mindestens fünf Zentimeter zu kurz für meine Größe, dafür doppelt so weit, hingen mir mit dem Arsch in den Kniekehlen und in dem Mantel hätte noch einer von meiner Gewichtsklasse Platz gehabt. „Na super", dachte ich, „das ging ja schon prima los"!

Die medizinische Abteilung war in der ersten Etage des Seitentraktes untergebracht. Neben vier Krankenzellen und einer Isolierzelle für Häftlinge, die eine ansteckende Krankheit mit sich rumschleppten, gab es zwei Behandlungsräume, wovon einer ausschließlich der zahnärztlichen Versorgung vorbehalten war. Die Zahnärztin war praktischerweise eine politische Gefangene, die ebenfalls wegen Republikflucht einsaß und hier auf ihre Ausreise wartete. Zweimal in der Woche wurde Sprechstunde abgehalten.

In der Krankenabteilung regierte Frau Hauptmann; eigentlich Ärztin für Allgemeinmedizin, nahm sie es aber mutig mit jedweden großen und kleinen gesundheitlichen Unpässlichkeiten der Insassen auf. Angefangen mit Fußpilz, über Kopfläuse bis hin zum Herzinfarkt behandelte die gute Frau einfach alles und das, obwohl in dem einen oder anderen Fall sicher eher ein Spezialist von Nöten gewesen wäre. Hier aber nahm man es mit der Gesundheit der Häftlinge nicht ganz so genau. Die wirklich dramatischen Fälle, also Häftlinge die aus Verzweiflung Suizid begehen wollten indem sie Gegenstände oder irgendwelche Chemikalien schluckten, kamen ins Haftkrankenhaus nach Meusdorf bei Leipzig.

Frau Hauptmann war eine kleine, resolute Person um die fünfzig und man sah ihr sofort ein gewisses Bildungsniveau an; und als Ärztin im Strafvollzug spielte sie nochmal in einer ganz anderen Liga als ein normaler Wald-und-Wiesen Doktor. Sie war nicht unsympathisch und ich kam ganz gut mit ihr klar. Nach einem flüchtigen Blick auf mich und ein paar obligatorischen Fragen nach meinem Befinden stellte sie mir auch anstandslos mein Eintrittsticket aus und ich wurde wieder in die Aufnahme gebracht. Zu meinem Entsetzen war Nina bei meiner Rückkehr nicht mehr da. Sie wurde auf „Station" verlegt, hieß es. Ah siehe da, also hatten die Penntüten ihren Fehler bemerkt und die mehr als peinliche Panne eilig behoben. An der Tatsache konnte ich nichts ändern und so richtete ich mich erst mal häuslich in diesem Bau ein.

Nun darf man sich den Knast in Halle allerdings nicht so vorstellen wie man ihn weitläufig aus Filmen à la Hollywood kennt. Das sind echte Fernseh-Träume. Es gab keine einzelnen Zellen in eigentlichen Sinne, sondern es gab „Stationen".

Jede Etage des Gebäudes war eine Station. Diese Stationen gliederten sich wiederum in „Erziehungsbereiche" und davon gab es pro Station zwei, mit jeweils einer fetten Eisentür voneinander getrennt. Man muss sich also einen langen Flur vorstellen und auf der Hälfte die besagte Eisentür. Auf beiden Seiten des Flures befanden sich die „Verwahrräume" (Zellen), welche mit einer „Nasszelle" miteinander verbunden waren. In jeder Zelle gab es fünfzehn Doppelstockbetten, also eine Belegungsstärke von dreißig Personen pro Raum und sechzig Personen pro Seite. Für diese sechzig Gefangenen standen drei frei einsehbare Toiletten und drei Waschbecken zur Verfügung. Super!

Der komplette Erziehungsbereich umfasste bei voller Auslastung hundertzwanzig

Insassen und nannte sich „Kommando". In der Mitte des Flures standen Tische und Bänke. Hier spielte sich außerhalb des straff organisierten Alltags der winzige Klecks täglicher Freizeit ab. Es war, außer mit einem medizinischen Attest, den Häftlingen strengstens untersagt, sich tagsüber in den Verwahrräumen aufzuhalten. Ab und zu eine ruhige Minute = null, ein wenig Privatsphäre = Obernull, denn die konnte man sich allenfalls im Einzelarrest abholen.

Das war jetzt also mein neues „Zuhause" für die nächsten Monate.

Zwei Tage ließen sie uns in Ruhe, damit wir uns an unser neues Zuchthausdasein gewöhnen konnten. Dann musste ich die nächste Kröte schlucken, denn die kam rasant in Form von Arbeit auf mich zu.

Der Knast in Halle arbeitete mit dem Schuhkombinat Weißenfels zusammen. Auf dem Gelände des Zuchthauses befanden sich eine Gerberei, eine Stanze und eine Produktionshalle für die Endfertigung der Schuhe. Das Kombinat produzierte für das damals westdeutsche Unternehmen Salamander und die ließen, auf Kosten der Häftlinge, billig ihre Babyschuhkollektion in Halle fertigen. Die Tierhäute wurden regelmäßig aus dem Westen angeliefert und in der Gerberei unter lebensgefährlichen und unmenschlichen Bedingungen für die Produktion vorbereitet. Da man für die Babyschuhe besonders weiches Leder benötigte, wurden die Häute wieder und wieder durch die ätzenden Laugen gezogen. Arbeitsschutz gleich null. Ohne Schutzbekleidung mussten die Frauen tagtäglich die giftigen Dämpfe einatmen. Viele erkrankten im Laufe ihrer Haftzeit an den Atemwegen oder die Haut ihrer Arme und Hände wurde von der giftigen Brühe regelrecht zerfressen. So viel zum Schutz der menschlichen Unversehrtheit seitens des Staates. Als nächstes kamen die Häute in die Stanze. Hier wurden die Einzelteile für die Schäfte aus dem Leder gestanzt und auch dieser Job war keinesfalls ungefährlich. Die Maschinen waren alt und schlecht gewartet und mehr als einmal passierten in der Zeit meines Aufenthaltes schwere Unfälle. Allerdings war man so schlau, die betroffenen Frauen umgehend von den übrigen Häftlingen zu isolieren oder sie kamen direkt ins Haftkrankenhaus. Später, nach ihrer Genesung, verlegte man sie einfach kurzerhand in ein anderes Zuchthaus, um die ganze Sache so gut es ging zu vertuschen. Die letzte Station war die Näherei. Hier wurden die einzelnen Schaftteile zusammengenäht und anschließend die Laschen aufgeflochten. Einer der schwersten Arbeitsschritte überhaupt, denn die Qualitätsanforderungen waren sehr hoch und das weiche Material ließ sich nur mühevoll bearbeiten. Bei den winzigen Schuhen konnte es sehr schnell passieren, dass der Flechtfaden das weiche Leder zerriss. Dann war die ganze Arbeit umsonst gewesen und der Schuh wanderte in den Ausschuss.

Noch auf der Aufnahmestation wurde den Häftlingen also das Flechten beigebracht. Dazu kam eigens eine Mitarbeiterin aus dem Schuhkombinat zu uns um uns diese

Technik zu zeigen. Nun war das ja bei mir so eine Sache mit der Arbeit. Fast alle meine Mithäftlinge saßen wegen sogenannter „normaler" Delikte, also Diebstahl, Raub, Mord oder asozialem Verhalten hinter Gittern und waren natürlich mehr oder weniger daran interessiert, die Haftzeit möglichst zügig wieder hinter sich lassen zu können. Eine hervorragende Arbeitsleistung brachte ihnen nicht nur die eine oder andere Vergünstigung im Knastalltag, sondern wirkte sich auch durchaus positiv hinsichtlich der Beurteilung für eine vorzeitige Entlassung aus. In meinem Fall sah die Lage schon wieder ganz anders aus. Mich hatten sie verknackt, weil ich dem Staat den Rücken kehren wollte. Warum sollte ich mir also den Hintern aufreißen und den Staat und seine Wirtschaft mit meiner Arbeit unterstützen? Das leuchtete mir beim besten Willen nicht ein. Wozu sich abrackern und krumm machen, wenn ich doch eh schon mit dem ganzen Laden abgeschlossen hatte? Andererseits tanzte ich mit meiner Einstellung zur Arbeit aber auch auf einem ziemlich dünnen Drahtseil, denn es gab einen äußerst wichtigen Aspekt, welchen ich unter keinen Umständen außer Acht lassen durfte. Es handelte sich um den §249 des StGB der DDR - hier ging es um das sogenannte „Asoziale Verhalten", ein Paragraph, der mir unter Umständen das Genick brechen und meine weiteren Zukunftspläne komplett über den Haufen werfen konnte, denn §249 kam immer dann zur Anwendung, wenn jemand keinen Bock auf Arbeit hatte. Die meisten Leute, die ich im

Knast getroffen habe, saßen genau aus diesen Gründen hier ein. Da ich jedoch beabsichtigte, schon während meiner Haft Anträge auf Ausreise in den Westen zu stellen, die ich aber nur stellen konnte, so lange ich meinen Status als „politische Gefangene" beibehielt und nicht erneut wegen eines anderen Deliktes verurteilt wurde, saß ich jetzt in einem verdammten Dilemma. Ich entschloss mich für die Tour, so wenig wie möglich aber gerade noch ausreichend zu arbeiten. Also flocht ich genau 1 Paar Schuhe pro Tag, das normale Pensum lag allerdings bei 100 Paar.

Mittlerweile hatten sie mich von der Aufnahmestation ins Kommando verlegt.

Hundertzwanzig Frauen, die sich - außer noch drei weiteren Politischen - ansonsten aus Groß- und Kleinkriminellen sowie Asozialen zusammensetzten und bis auf drei, die sich mir im weiteren Verlauf als noch sehr nützlich erweisen würden, der totale Abschaum waren. Das Leben im Zuchthaus ist eine andere Welt mit ihren eigenen Gesetzen, die, wenn man sie denn erst mal gepeilt und kapiert hat, einem durchaus ein normales „Überleben" sichern können. Gesetz Nummer eins und damit das Wichtigste: Stell dich mit deiner „Verwahrraum-Ältesten" gut, denn die hat das Sagen und entscheidet über Top oder Flop. Sie ist maßgeblich in der ersten Zeit der Garant für deine Unversehrtheit. Verwahrraum-Älteste wird fast immer die Gefangene, die am längsten einsitzt. In dieser Hinsicht hatte ich mal wieder mehr Glück als Verstand, denn meine VÄ, mit Knastnamen „Bonny", schloss mich von der ersten Minute in ihr Herz. Allerdings verdankte ich diesen Umstand eher weniger meiner Person als meiner geographischen Herkunft, denn Bonny kam aus der gleichen Ecke Berlins wie ich und das ist im Knast ein echter Haupttreffer. Im wirklichen Leben wohnten wir nicht weit voneinander entfernt ohne, uns jedoch zu kennen, aber wir sprachen den selben Berliner Dialekt und Lokalpatriotismus verbindet ja bekanntlich in schweren Zeiten gleich nochmal so tief. Bonny war schon zum dritten Mal wegen asozialem Verhalten im Bau und nahm mich als alter Hase sofort mütterlich unter ihre Fittiche was mir, als absoluter Newcomer nicht unangenehm war. Ich bekam das Bett über ihr an der Wand direkt neben der Tür zur Nasszelle. Ein Privileg! Sie unterwies mich darin, wie ich mein Bett zu „bauen" hatte, damit es die Wärter nicht gleich wieder bei der täglichen Zellenkontrolle einrissen, machte mich mit den wichtigsten Verhaltensregeln innerhalb des Knastlebens vertraut, gab mir wertvolle Tipps im Umgang mit dem Wachpersonal und stellte sich vor mich, wenn mir wieder einmal eine von den Mitgefangenen aus Neid oder Missgunst oder einfach nur, weil sie mal einen miesen Tag hatte, an die Wäsche wollte. Bonny war eigentlich unbezahlbar;, als sie später entlassen wurde, riskierte sie für mich sogar eine neuerliche Anklage, indem sie einen Brief an einen guten Freund von mir für mich aus dem Bau schmuggelte und tatsächlich bei ihm abgab. Diese Sache werde ich ihr niemals vergessen und um so mehr bedaure ich es, dass ich sie nicht mehr wiedersah und mich nie persönlich bei ihr bedanken konnte.

Renate war zwanzig Jahre älter als ich und saß auch wegen Republikflucht. Sie hauste in einer Zelle auf der anderen Seite des Ganges. Schmal und unscheinbar, meistens ein bisschen ängstlich und gebückt, schlich sie durch die Gegend immer auf der Hut, bloß nirgendwo anzuecken. Dennoch fiel sie mir sofort auf, denn sie passte irgendwie einfach nicht hierher. Ich erinnere mich immer noch an ihre klaren wachen Augen und ihre bissige Ironie. Es machte irren Spaß, stundenlang mit ihr über Gott und die Welt zu quatschen. Renate sollte fast vier Jahre absitzen und etwas über zwei davon waren schon geschafft. Ein halbes Jahr später war sie dann über Nacht weg. Wie ich von anderen hörte, wurde sie mit einem der Transporte nach Karl-Marx-Stadt in den Stasi Knast verlegt - ihre Fahrkarte in den Westen, denn jeder Häftling der aus der DDR ausgewiesen wurde, verbrachte seine letzten Tage in diesem Zuchthaus. Das ließ mich wieder hoffen. Während ihrer Haftzeit hatte sie mehrere Ausreiseanträge gestellt und da ich auf diesem Gebiet absolut keine Kenne besaß, ließ ich mir haarklein von ihr erklären, auf welche Punkte ich in meinem Anträgen unbedingt achten musste und welche inhaltlichen und formalen Fehler ich unbedingt vermeiden musste, damit er für das Ministerium des Innern hieb-und stichfest abgedeckelt war. Im Nachhinein bezweifle ich oft, ob ich ohne ihre Hilfe überhaupt jemals einen halbwegs tauglichen Ausreiseantrag zustande gebracht hätte.

Dann war da noch Mandy, die eigentlich Elke hieß und etwa in meinem Alter war. Ein liebes Mädchen und nicht ganz so doof in der Birne wie die meisten hier. Auch sie hatte schon einschlägige Knasterfahrung und war, wie die meisten hier ein „Asi", allerdings einer der besseren Sorte. Zumindest schien sie in einem früheren Leben schon mal ein Mindestmaß an Erziehung und guten Umgangsformen genossen zu haben. Mandy adoptierte mich als eine Art Freundin, wenn man unter diesen Umständen überhaupt den Begriff Freundschaft benutzen konnte. Eigentlich war sie lesbisch, aber akzeptierte mein Hetero-Dasein. Vielleicht hat sie sich ja insgeheim irgendeine Hoffnung auf mich gemacht, ich habe sie niemals danach gefragt; und im Grunde genommen wollte ich es auch gar nicht wissen, aber ich verstand mich gut mit ihr. Mit den sexuellen Bedürfnissen in der Haft ist es sowieso eine ganz merkwürdige Geschichte. Es wurde gemunkelt, dass sie uns was ins Essen täten, damit bei uns keine Gefühle aufkämen, ich persönlich hatte eh keine und es war mir auch völlig schnuppe, da ich mich überwiegend nur von Brot mit Marmelade ernährte, denn der widerliche Zuchthausfraß wollte mir einfach nicht durch den Hals. Dennoch fand innerhalb der Gefängnismauern ein reges Sexualleben statt. Zunächst konnte ich wenig damit anfangen, wenn es nachts in den Betten um mich herum rappelte. Ich war zwar aufgeklärt und hatte auch schon den einen oder anderen Typen bei mir in der Kiste gehabt, aber hier lernte ich ein völlig neues Phänomen kennen. Frauen, die mit Frauen Sex hatten. Die Tatsache als solche haute mich erst mal nicht so vom Hocker, aber genau diese Frauen bekamen auch einmal im Monat Besuch von ihren Ehemännern und Kindern und das hob dann mein moralisches Verständnis doch ganz gewaltig aus den Angeln. Auch gestaltete sich der tägliche Umgang mit diesen Frauen mehr als schwierig, denn der Faktor Eifersucht spielte in diesen

Mauern eine nicht unwesentliche Rolle. Ich musste ständig aufpassen, mit wem ich quatschte und zu wem ich freundlich war. Tat ich das nicht, konnte es mir ganz schnell passieren, dass ich von einer dieser eifersüchtigen Furien fix was auf die Fresse bekam, so wie die Geschichte mit Rosi. Rosi war eine der ältesten mit reichlich Knastjahren auf dem Konto und wohnte bei Mandy in der Zelle auf der anderen Seite des Waschraumes. Anett war ihr Betthase und mindesten 30 Jahre jünger als sie. Beide galten als das „Traumpaar" unseres Kommandos. Während man Rosi noch ein gewisses Mindestmaß an Grips zusprechen konnte, war Anett die Oberbunke. Eine Schlampe wie sie im Buche stand, laut, vulgär, strohdoof und durch und durch mies. Eines schönen Tages hing ich, um die Zeit totzuschlagen, bei Rosi und quasselte belangloses Zeug mit ihr, als plötzlich Anett angeschossen kam und den vollen Punk abzog. Sie beschimpfte mich, als stünden wir gerade auf dem Hamburger Fischmarkt und war in ihrer Rage keinerlei beschwichtigenden Argumenten zugänglich. Mit ihren 1,50m tanzte sie wie ein Derwisch vor mir hin und her und gab dabei eine ziemlich lächerliche Nummer ab. Ich, gut einen Kopf größer als, sie blieb erst mal völlig gelassen, bis sie dann anfing handgreiflich zu werden. Da fiel dann auch bei mir die Klappe. Als friedfertiger Mensch und absoluter Gegner von jedweder Gewalt hatte ich mich in meinem bisherigen Leben fast immer aus körperlichen Auseinandersetzen raus gehalten, aber jetzt platzte selbst mir der Kragen. Diese kleine Zicke, vor der alle hier im Knast Panik schoben, weil sie bei jedem Furz und Feuerstein ausrastete, diese kleine Zicke wollte mir an die Pelle? Völlig unerwartet traf sie meine Schelle mitten ins Gesicht. Ungläubig starrte sie mich an und vor lauter Wut traten ihre Augen so weit aus den Höhlen hervor, dass ich fürchtete, sie könnten jeden Augenblick zu Boden fallen. Unter den umstehenden Mithäftlingen war es totenstill. Es hatte noch niemals jemand gewagt, Anett in ihre Schranken zu weisen und dann kam ich und klatschte ihr einfach eine. Ich rechnete jetzt mit einer fetten Abreibung von Anett, aber es tat sich nichts. Sie stand völlig regungslos, noch immer mit leichter Schnappatmung, und starrte mich mit hasserfülltem Blick an.

Dann machte sie plötzlich auf dem Absatz kehrt und verschwand ohne ein weiteres Wort in ihre Zelle, aus der sie sich bis zum Abendessen auch nicht mehr blicken ließ. Ich stand noch immer da, um mich herum die anderen Häftlinge, und begriff nicht gleich, was hier soeben passiert war. Ohne es zu wissen hatte ich von jetzt auf gleich den Status Quo innerhalb dieser Truppe zu meinen Gunsten enorm verschoben. Mit meinem Schlag hatte ich Anett, die bis hierhin unangefochtene Königin, von ihrem Thron gefegt und damit für den Rest meiner Haftzeit das Ding ein für allemal geklärt.

Etwa Mitte Dezember, ich war inzwischen über vier Wochen hier in Halle, stellte ich den ersten Ausreiseantrag an das Ministerium für Innere Angelegenheiten. Zwei

Seiten schönster Begründungen, warum ich dieses Land verlassen wollte und warum mir dieses Recht zustand. Es waren die inhaltlich anspruchsvollsten zwei Seiten, die ich jemals geschrieben habe. Meinen Rechtsbeistand konnte ich in dieser Angelegenheit leider nicht bemühen, denn in Sachen Ausreiseangelegenheiten durften Anwälte in der DDR für ihre Mandanten nicht tätig werden.

Eine Woche später lag das Teil wieder auf dem Schreibtisch meiner „Erzieherin". Erzieherin war die formelle Bezeichnung für die Oberaufseherinnen der einzelnen Stationen und meine war eine von der ganz linientreuen und ekeligen Sorte mit Dienstgrad Oberleutnant. Eine giftige kleine Hexe mit dem Gesicht einer Ratte und der Nase eines Adlers. Ihre eiskalten stechenden Augen zauberten einem schon in der Aufwärmphase Gefrierbrand auf die Pelle und ihre näselnde Fistelstimme kroch wie eine Klapperschlange in meine Gehörgänge. Ich wurde also ins Dienstzimmer, über welches jeder Erziehungsbereich verfügte, zitiert. Auf ihrem Schreibtisch sah ich schon meinen Antrag liegen, mit einem fetten Stasi-Stempel obendrauf, und ahnte, dass jetzt nichts Gutes folgte. Daneben lag mein Antrag einer Besuchserlaubnis für meine Eltern. Im Laufe der Zeit sammelt man so seine persönlichen Erfahrungen im Knast und wird vielen Dingen gegenüber auch gelassener, aber nun spielte ich in einer ganz anderen Liga. Das bisschen Republikflucht und die Haft waren Kinderkacke gegen die Dimensionen, welche ein Ausreiseantrag nach sich zog.

Plötzlich war ich ein richtiger Schwerverbrecher, eine Vaterlandverräterin, ja eine Aussätzige nur weil ich das Land verlassen, und in Frieden und Freiheit leben wollte. Überhaupt hätte ich jegliche mir zustehenden Rechte in unserer sozialistischen Gemeinschaft verwirkt. Wie konnte ich mich nur erdreisten, unser geliebtes Vaterland so schamlos mit Füßen zu treten! Außerdem wäre es mir nicht gestattet, aus dem Strafvollzug einen Ausreiseantrag zu stellen.

Eine totale Lüge, denn das Recht hatte ich sehr wohl! Na, das wollen wir doch jetzt mal sehen!

Dank Renate wusste ich in dieser Hinsicht bestens Bescheid und blieb völlig gelassen. Die Aufzählung meiner Schlechtigkeiten nahmen geschlagene zwei Stunden in

Anspruch, wobei sich ihr Redefluss weder durch Atempausen ihrerseits, noch durch zaghaft angebrachte Erklärungsversuche meinerseits unterbrechen ließ. Irgendwann wurde es mir echt zu blöd, mich so unberechtigterweise beschimpfen zu lassen und ich schaltete meine Ohren auf Durchzug. Nachdem sie geendet hatte, lauerte ihr Blick auf mir, so, als erwartete sie jetzt eine Antwort von mir. Die konnte sie gerne haben, denn nun legte ich los. In weiteren zwei Stunden legte ich ihr meine Sicht der Dinge dar und ging dabei nicht gerade zimperlich mit ihr um. Jahrelange Bevormundung und Verleugnung der eigenen Bedürfnisse, jahrelanges schön die Schnauze halten und nur nicht anecken bahnten sich nun bei mir ihren Weg und prasselten wie ein Sommergewitter auf sie ein. Die Ratte schrumpfte zusehend auf ihrem Stuhl, unterließ es aber dann doch, großartig auf meine Argumente einzugehen.

Beide Anträge abgelehnt! Für mich war der Drops für heute gelutscht.

So, mein erster Versuch ist also gründlich in die Hose gegangen, aber so schnell gab ich nicht auf. Jetzt musste ich eben schwere Geschütze auffahren um an mein Ziel zu kommen. Wenn die meinten, nur weil ich erst zwanzig bin, könnten sie mich mit ihrem Gequatsche beeindrucken, dann hatten sie aber nicht mit meinem Starrsinn gerechnet, denn JETZT ERST RECHT war meine Devise. Wollen wir doch mal sehen, wer hier den längeren Atem hatte. Ich wechselte meine Strategie und versuchte es nun auf die harte Tour - ich trat in einen Hungerstreik!

Am ersten Tag, nachdem ich meine Nahrungsaufnahme nebst Flüssigkeitszufuhr komplett eingestellt hatte, tat sich nichts. Allerdings hatte ich eine schnelle Reaktion auch nicht unbedingt erwartet, denn bis auf meine Leidensgenossinnen, die freudig meine Essensration unter sich aufteilten, hatte ja noch niemand vom Personal meinen Hungerstreik zur Kenntnis genommen. Das änderte sich am folgenden Tag grundlegend, denn der Knastfunk funktionierte auch hier in Halle hervorragend. Ein Vögelchen trällert dem nächsten die Neuigkeit und schwupp wurde ich mal wieder ins Dienstzimmer beordert. Ich ließ mir nichts anmerken. Betont gleichgültig schlenderte ich, innerlich aber schon voll auf einen erneuten Disput mit der Ratte eingestellt, in ihr Dienstzimmer. In meinem Kopf hatte ich mir einen ganzen Katalog mit entsprechenden Antworten zurecht gelegt, aber denkste, die Stasibonzen waren doch nicht ganz so strohdoof wie ich angenommen hatte. Ganz im Gegenteil, ziemlich schnell hatten sie geblickt, dass die Ratte und ich nicht wirklich gut miteinander konnten, hingegen die Erzieherin der Nachbarstation – Frau Obermeister – zumindest einen winzigen Zugang zu mir herstellen konnte. Also saß dieses Mal Frau Obermeister hinter dem Schreibtisch, als ich den Raum betrat. Eigentlich mochte ich Frau Obermeister ganz gut leiden, wenn man das unter den gegebenen Umständen überhaupt sagen konnte, denn schließlich gehörte sie in meinen Augen dem Lager der Feinde an, aber sie war irgendwie wieder ganz anders als der Rest des Wachpersonals. Ich schätzte sie etwa im gleichen Alter wie meine Mutter, vielleicht auch etwas jünger. Eine angenehme Erscheinung, groß, schlank, immer freundlich und nicht so herablassend wie die restlichen Wärterinnen, bei denen man täglich auf´s Neue zu spüren bekam, welch eine erbärmliche Kreatur man doch selber darstellte. Nee, so war sie nicht und um so mehr tat es mir leid, dass ausgerechnet SIE jetzt mit mir dieses unangenehme Gespräch führen und eine angemessene Strafe über mich verhängen musste. Ganz so wohl fühlte ich mich nicht in meiner Haut. Auf der anderen Seite aber war sie der Bulle und ich der Verbrecher und da konnte ich mir keinerlei Gefühlsduselei erlauben – basta! Dennoch ließ ich sie erst mal quatschen ohne sie großartig durch meine bissigen Kommentare zu unterbrechen. Auch sie ließ mich ohne Unterbrechung meine Argumentation vorbringen und während ich sie zu textete, konnte ich sogar das eine oder andere Mal einen Hauch von Verständnis für meine Lage in ihrem Gesicht aufblitzen sehen. Doch auch sie musste sich an die Vorschriften halten und es kam wie es kommen musste. Sie sperrte mich in den Einzelarrest!

Die Arrestzellen befanden sich im Keller-
geschoss des Hauptgebäudes und außer
meine Waschutensilien durfte ich keine
weiteren Gegenstände mitnehmen. In der
Arrestzelle gab es außer einem Bett, einem Hocker, einem Waschbecken und
dem Klo nichts weiter an Einrichtungsge-
genständen. Es war permanent schumme-
rig, denn durch die Kellerfenster drang
hier noch weniger Licht in den Raum als in
den normalen Zellen. Alles war klamm
und es roch muffig. Tagsüber hatte ich nur
auf dem Hocker zu sitzen, denn das Bett
war tabu, was mich aber nicht sonderlich
störte, denn sobald sich das Wachpersonal entfernte, lag ich sofort wieder in der
Kiste. Bis auf das Geräusch des tropfen-
den Wasserhahnes und das Geklapper
der Absätze des Wachpersonals, wenn

sie ihren stündlichen Kontrollgang machten, herrschte hier unten Totenstille. Zum ersten Mal seit der U-Haft war ich wieder ganz allein mit mir und was soll ich sagen, es war einfach super!

Ein durchaus paradiesischer Zustand, keine Arbeit, keine nervigen Mitgefangenen, kein Krach, keinen täglichen Drill und vor allem kein hohles Geschnauze der Wächter – einfach rattenscharf! Darum genoss ich meinen Zwangsaufenthalt auch am ersten Tag noch in vollen Zügen, aber dann kamen die Beschwerden und vermasselten mir die nächste Zeit ganz erheblich. Drei Tage ohne Essen und Trinken machten sich allmählich bemerkbar. Ich konnte nun nicht mehr ganz so locker flockig aus dem Bett hüpfen, wenn der Kontrollgang anstand, und mein Magen schmerzte und gab Laute von sich wie ein ein ganzes Wolfsrudel. Meine Gedanken kreisten jetzt fast ausschließlich ums Essen und sämtliche Lieblingsgerichte von mir flimmerten als Endlosfilm durch meinen Kopf. Ich konnte sie förmlich auf meiner Zunge schmecken, was den Speichelfluss extrem ankurbelte. Aber das Schlimmste an der ganzen Sache war dieser unerträgliche Durst. Irgendwie hatte ich das Gefühl, als hätte ich eine Tube Pattex im Mund. Meine Zunge klebte am Unterkiefer und meine Lippen wurden so langsam rissig wie verrottete Schiffsplanken. In meinem Kopf drehte sich alles wenn ich mal von meinem Bett aufstand, und meine Beine waren wackelig wie Götterspeise. Am vierten Tag war ich zu schwach, mein Bett überhaupt noch zu verlassen und es war mir auch ehrlich gesagt scheißegal, ob sie mich für unerlaubtes Liegen nochmal bestraften. Ich dämmerte so vor mich hin. Dafür war zumindest das schmerzende Hungergefühl komplett verschwunden. Mein Körper hatte inzwischen auf Sparflamme umgeschaltet. Langsam wurde es aber brenzlig, denn das fehlende Essen war nicht das große Problem, ein gesunder Mensch konnte, laut Statistik, durchaus etwa hundert Tage ohne Nahrung überleben, vorausgesetzt er nahm ausreichend Flüssigkeit zu sich. Genau hier lag der Hase im Pfeffer, denn ich weigerte mich weiterhin strikt, auch nur einen Tropfen zu mir zu nehmen. Jetzt hätte es ihnen ja eigentlich Wurst sein können, was mit mir passierte, aber das war es augenscheinlich nicht, denn plötzlich erschien Frau Hauptmann samt Infusionsständer und Flüssigfutter im Tür-rahmen. Sie hatte sich so eine Art Zwangsernährung für mich ausgedacht, nachdem zuvor alle Versuche seitens des Wachpersonals kläglich scheiterten, mich durch Kredenzen meiner Lieblingsspeisen auf natürlichem Wege zum eigenständi-gen Essen zu animieren. Ich hing also an der Flasche. Allerdings konnte dies kein Dauerzustand sein und das wussten sie auch nur zu gut. Immer wieder versuchten sie, mich mit allerlei perfiden Tricks aus der Reserve zu locken, sie gingen sogar soweit, mir diverse Vergünstigungen in Aussicht zu stellen wenn ich wieder aß, aber ich ließ mich auf ihren hinterhältigen Händel nicht ein und verweigerte stand-haft weiterhin jegliche Nahrung. Endlich, am zehnten Tag, siegte mein Dickkopf und sie gaben klein bei. Ab sofort wurde es mir von ganz höchster Stelle gestattet, Ausreiseanträge zu stellen. Bis zum Ende meiner Haftzeit flatterte ihnen jeden Monat ein Antrag von mir ins Haus.

Erleichtert und zufrieden, weil sie mich nicht knacken konnten, ließ ich mich dann auch sofort bereitwillig für die nächsten vierzehn Tage auf die Krankenstation zu einer Rundum-Sanierung verlegen. Der Arrest war damit erst mal vom Tisch.

Frisch und sichtlich erholt kam ich kurz vor Weihnachten wieder auf mein altes Kommando. So ein Aufenthalt in der Krankenstation war wie ein kleiner Urlaub. Neben viel Ruhe gab es für die Kranken ein wesentlich besseres Essen als für die normalen Häftlinge. Vor allen Dingen die zusätzlichen Obstrationen taten meinem Körper besonders gut. Auf meiner alten Station hatte sich zwischenzeitlich nicht viel getan Kunststück, wie denn auch? Das Leben lief in seinen gewohnten Bahnen aus Arbeiten, Freigang, Essen und Schlafen. Dazwischen, je nach Schicht, ein oder zwei Stunden Freizeit vor dem Nachteinschluss, welche wie üblich im Gemeinschaftsflur verbracht werden musste. Man konnte lesen oder Heimatpost schreiben, es gab sogar einige Spiele, mit denen man die Zeit totschlagen konnte. Jeden Abend um kurz vor war Antreten zum Pflichtfernsehen, denn um zwanzig Uhr flimmerte allabendlich die „Aktuelle Kamera", eine Nachrichtensendung im DDR-Fernsehen, über den Bildschirm und es wurde seitens des Personals peinlich darauf geachtet, dass gerade die politischen Häftlinge auch ja vor der Glotze saßen. Mir ging diese sozialistische Propaganda und permanente Selbstbeweihräucherung ganz gehörig auf den Keks und ich drückte mich so gut es ging um die fünfzehn Minuten Zwangsveranstaltung. Meistens verbrachte ich die Zeit unter einem Vorwand auf dem Klo. Hier bekam ich zwar noch den Ton mit, musste mir aber die dazugehörigen Gesichter nicht auch noch reinziehen. Eklatante Neuigkeiten wurden ja sowieso schon bei der täglichen Zeitungsschau serviert. Die Zeitungsschau war auch so eine kaputte Geschichte. Täglich musste einer von uns Häftlingen mindestens zehn Minuten den anderen aus dem „Neuen Deutschland", der Tageszeitung der roten Socken schlechthin, vorlesen.

Selbstverständlich waren die zu lesenden Artikel vom Personal vorher ausgesucht und abgenickt worden und dienten einzig und allein dazu, den Staat und seine Vorzüge ins beste Licht zu rücken. Mich kotzte diese Verlogenheit nicht einfach nur noch an, sondern sie machte mich richtig sauer.

Weihnachten rückte heran und damit wuchs auch meine Panik davor. Bei uns zu Hause war dieses Fest immer sehr schön. Mein Vater feierte am ersten Weihnachtstag seinen Geburtstag und es kamen Gäste. Jetzt saß ich Weihnachten im Zuchthaus und ich wurde ganz traurig. Wehmütig dachte ich an zu Hause, an die feierliche Stimmung ,wenn mein Papa Heiligabend die Lichter am Weihnachtsbaum anzündete und die ganze Wohnung schon nach Gänsebraten duftete, an die schönen friedlichen Stunden mit der Familie, an Schnee, Bratäpfel und Glühwein. Komisch, bislang waren diese Dinge immer so selbstverständlich für mich gewesen, dass ich sie kaum registriert hatte, aber jetzt, eingesperrt und weit weg von Zuhause, bekamen sie plötzlich eine ganz andere Wertigkeit für mich. Meine Befürchtungen hinsichtlich der Feiertage stellten sich aber schnell als unbegründet heraus denn meine Leidensgenossinnen verstanden es durchaus, sich auch hinter schwedischen Gardinen eine einigermaßen schöne Zeit zu machen. Eigens zu diesem Zweck hatten sie schon vor Wochen in der Küche einen Essenskübel mitgehen lassen, darin wurde Brotwein angesetzt. Das Prinzip ist eigentlich ganz simpel. Wasser, Marmelade und Zucker. Die Gärung übernehmen dann die zugefügten Brotstücke. Nach vier bis sechs Wochen das Ganze durch ein sauberes Tuch filtern und fertig ist der Wein und ich kann sagen, dass er weniger übel schmeckte als ich dachte. Silvester habe ich dann, ehe mich das große Heimweh packen konnte, besser gleich komplett verschlafen.

Mit Fortschreiten des neuen Jahres hellte sich auch meine Stimmung merklich auf. Fünf Monate von meiner Strafe hatte ich inzwischen abgesessen und jetzt blieben noch 13 übrig, bei guter Führung eventuell ein paar weniger. Diese Tatsache ließ mich ließ mein Stimmungsbarometer permanent im Schönwetterbereich einrasten, denn ich hatte schon einen genauen Plan, wie ich den nächsten Fluchtversuch starten würde, sollte ich nicht vorher in den Westen abgeschoben werden.

Im März durften meine Eltern mich zum ersten Mal im Zuchthaus besuchen. Ich freute mich schon riesig darauf, zumal die bisher angesetzten Besuchstermine stets an meinem wenig kooperativen Verhalten gescheitert waren. Pro Monat Haft standen mir zwei Heimatbriefe und ein Besuch zu, vorausgesetzt, ich benahm mich anständig nach ihren Vorstellungen und das hatte ich, im Rahmen meiner Möglichkeiten, ohne jedoch dabei mein eigentliches Ziel aus den Augen zu verlieren, dieses Mal sogar ganze vier Wochen an einem Stück durchgehalten. Für mich eine enorme Leistung, die mich auch ganz besonders mit Stolz erfüllte!

Nun war es endlich so weit. Obwohl der Termin erst am Nachmittag stattfinden sollte, konnte ich vor lauter Aufregung schon beim Frühstück kaum einen Bissen runter würgen. Ich hatte meine Eltern seit meiner Verhandlung im Oktober nicht mehr gesehen und viel Post bekamen sie leider von mir auch nicht, da der Großteil meiner Post an sie wegen meiner „Frechheiten" nicht weitergeleitet wurde. Um halb drei holte mich die Ratte von der Station und brachte mich rüber ins Haupthaus. Hier musste ich in eine Art Schleusen-Raum. Seit langer Zeit standen auch mal wieder die berühmten drei Kniebeugen über dem Spiegel an, wenn auch in etwas abgeschwächter Form, denn ich musste im Gegensatz zur U-Haft hier nur Hose und Unterhose ausziehen. Auch blieb mir das anschließende Abtasten meiner Körperöffnungen erspart. Das gleiche Prozedere gab es auch wieder zum Ende des Besuchstermins. Einerseits war ich inzwischen ziemlich gleichgültig gegenüber derartigen Schikanen geworden, andererseits wurmten sie mich ungemein, denn ich verstand die Logik dahinter nicht. Besuche fanden grundsätzlich unter Bewachung statt und ich war nicht einen Augenblick unbeobachtet, also wie bitteschön sollte ich etwas raus-oder reinschmuggeln? Glaubten die etwa allen Ernstes, ich würde vor meinen Eltern die Hosen herunter lassen und mir einen verbotenen Brief aus dem Hintern fummeln? So blöd konnte doch nun echt keiner sein. Gleichgültig ließ ich die Prozedur über mich ergehen und saß dann endlich meinen Eltern gegenüber. Ein kleiner Raum, zwei Tische jeweils fest mit der Wand verbunden, dazwischen ein schmaler Gang und vier Stühle am Boden festgeschraubt bildeten das ganze Mobiliar des „Besucherraumes". Ich saß hinter dem rechten Tisch, neben mir eine Wachtmeisterin. Vor mir meine Eltern. Obgleich ich mich riesig freute sie wieder zu sehen, war die Atmosphäre in dem Raum erdrückend. Ständig kämpfte ich mit den Tränen und bei jedem Wort, das ich sagte, war ich bemüht, sie meine Traurigkeit nicht spüren zu lassen. Dabei war ich weniger traurig aus Kummer und oder weil ich Heimweh hatte, nee, es war eher ein Cocktail aus Wut und Ohnmacht, der mir die Tränen in die Augen trieb. Ich war nicht traurig, weil ich mein früheres Leben so vermisste, nein, das war es nicht. Ich war wütend und stinksauer, dass meine Familie mich in einer solch erbärmlichen Situation erleben musste. Mit meinem verdammten Dickschädel und meinem unbändigen Wunsch nach Freiheit und Gerechtigkeit hatte ich sie und mich in diese abgrundtief peinliche Lage gebracht und konnte im Augenblick nichts daran ändern, um so mehr freute ich mich, sie wiederzusehen. In diesem Moment hätte ich meine Eltern so gern in den Arm genommen und getröstet, denn sie waren diejenigen, die Trost brauchten. Sie waren die eigentlichen Gefangenen in diesem Spiel, ich war zwar im Knast, aber auch fein raus, denn mit meiner Flucht hatte ich Fakten geschaffen und meinen Standpunkt mehr als klar gemacht. Für mich gab es hier an dieser Stelle jetzt kein

Zurück mehr. Aber sie mussten zurück, zurück in ihr altes Leben in einem Staat, dessen Gesellschaft seine Kinder verdammt und einsperrt werden, wenn sie eigene Wege außerhalb der vorgegebenen Normen gehen. Meine Eltern mussten in dieser verlogenen Gesellschaft mit dem Makel einer in den Westen abgehauenen Tochter leben. Nicht gerade prickelnde Aussichten für ihre Zukunft, aber dafür schlugen sie sich verdammt tapfer.

Die Stunde Besuchszeit verging wie im Flug und ich war total erleichtert, als das Ganze vorüber war. Für meine Eltern bedeuteten diese Besuche Zumutung und ein enormer Aufwand. Zu jedem Termin fuhren sie vierhundert Kilometer nur um mich zu sehen. Sie liebten mich und kamen gern, aber eigentlich war dies auch für sie ein unerträglicher Zustand. Um ihnen weitere Peinlichkeiten so gut wie eben möglich zu ersparen, schränkte ich diese Besuche in den nächsten Monaten bis auf zwei ein.

Es war inzwischen Ende Mai und ich hatte stumpf jeden Monat einen Ausreiseantrag ans Ministerium nach Berlin geschickt. Und jedem Antrag folgte dasselbe Prozedere. Antanzen im Dienstzimmer zu den unterschiedlichsten Tages- und Nachtzeiten. Politische Umerziehungsversuche und Sanktionen in Form von Rationierung des wöchentlichen Einkaufes, Reduzierung der Schreiberlaubnis oder die eine oder andere Woche in Einzelarrest. Die ersten zwei Gehirnwäschen gingen mir noch richtig unter die Haut, aber nach fast einem Jahr Knast sieht man das Thema schon um ein Vielfaches entspannter. So leicht konnte mich jetzt nichts mehr erschüttern. Ganz im Gegenteil, denn inzwischen war es mir zu einem richtigen Hobby geworden, sie permanent gegen die Wand laufen zu lassen. Ich brannte förmlich darauf, diese dummen engstirnigen Kreaturen in Grund und Boden zu quatschen, sie rhetorisch fertig zu machen, denn das war meine einzige Waffe gegen ihre Willkür. Zu sehen, wie sie sich vor Peinlichkeit wanden, weil ihnen ihre Argumente ausgingen, war mir jedes Mal ein innerer Vorbeimarsch und gleichzeitig auch ein Zeichen, dass ich doch nicht so machtlos war wie sie mir immer weiß machten. Eine witzige Episode aus einem dieser Gespräche von damals ist mir ganz besonders in Erinnerung geblieben: Wiedermal saß ich nach einem meiner Anträge bei der Ratte im Dienstzimmer und es lungerte noch ein Typ von der Stasi herum. Da fragte mich der Kerl doch plötzlich, was ich eigentlich so toll am Leben im Westen finden würde, denn schließlich gäbe es dort ja überwiegend nur Nutten und Zuhälter. Ich traute erst meinen Ohren nicht, doch dann war ich total baff über so viel Unverschämtheit. Glaubten die allen Ernstes ich wäre so grottendämlich, ihnen einen solchen Schwachsinn abzukaufen? Dennoch parierte ich ganz ruhig, indem ich sie darüber aufklärte, dass es mir wesentlich lohnenswerter erschien als freie Nutte im Westen herum zu spazieren, als weiterhin dazu verdammt zu sein, mein Leben als ausgebeutete Arbeitskraft im Osten zu fristen. An dieser

Kröte mussten die Ratte und der Stasi-Typ mächtig würgen und ich hatte mir umgehend mal wieder ein Ticket für sieben Tage Einzelarrest gezogen, den ich allerdings lachend auf einer Backe absaß, denn inzwischen war mir der Einzelarrest eine willkommene Abwechslung im täglichen Knast-Alltag geworden. Wann immer der Trubel auf der Station anfing, mir auf die Nerven zu gehen und ich mich nach Ruhe und Einsamkeit sehnte, stellte ich irgendetwas an, was gegen die Knast-Ordnung verstieß. In der Regel handelte es sich um kleinere Verfehlungen, die mir dann aber garantiert für zwei bis drei Tage den ersehnten Abstand bescherten. Die freie Zeit in der Abgeschiedenheit meiner Arrestzelle nutzte ich immer um meine Gedanken zu sortieren und mir geistig schon mal den Wortlaut für meinen nächsten Ausreiseantrag zurecht zu legen. Es tat unglaublich gut, hin und wieder komplett für sich allein zu sein. Keine lauten Mithäftlinge, kein nerviges Personal und keine drei Arbeitsschichten, in denen ich mich täglich auf´s Neue um die Planerfüllung drücken musste. Da war es auch nicht sonderlich schlimm, den ganzen Tag auf dem harten Schemel zu sitzen. Auch die eingeschränkten Essensrationen fielen hier nicht weiter ins Gewicht, denn das Essen im Zuchthaus an sich war eh schon unter aller Sau und als rechtskräftig Verurteilte verlor man in dieser Gesellschaft auch sowieso gleichzeitig das Anrecht auf eine gesunde Ernährung. Für die Letzten blieb eben auch nur das Letzte übrig! All diese Dinge waren für mich nicht wichtig, hier in der Einsamkeit kam ich zur Ruhe und meine Seele konnte so richtig in der Luft baumeln. In meinem Kopf existierten keine Grenzen und hier in diesem Keller-verlies konnte ich den ganzen Tag einfach nur abhängen und meine Gedanken flie-gen lassen und ich liebte diesen Zustand der süßen Untätigkeit. Entgegen der per-manenten Panik unter den anderen Ge-fangenen vor der harten Einzelunterbrin-gung waren für mich ein paar Tage Arrest jedes Mal wie ein Wellness-Wochenende in einem Sterne-Hotel.

Der Hochsommer neigte sich dem Ende zu und ich hatte schon meinen zweiten Geburtstag im Knast verbracht. An diesem Tag sah ich meine Eltern ein letztes Mal. Ich hatte mich in den Wochen zuvor aus-nahmsweise wieder ziemlich handzahm verhalten und nicht großartig gegen das Regime gestänkert, somit fanden sie auch keinerlei Gründe, die für eine Ablehnung der Besuchserlaubnis sprachen und es kam noch besser. Die Ratte hatte sich gerade in ihren Urlaub verabschiedet und die Rolle des „Beisitzers" fiel diesmal auf Frau Obermeister. Was für ein ausgesprochenes Glück, denn im Laufe der Zeit hier hatte sich zwischen uns ein eigenartiges Verhältnis entwickelt. Sie verstand es, mich einigermaßen zu händeln und sie war die Einzige, von der ich mir überhaupt irgend etwas sagen ließ. In den vergangenen Monaten hatten wir unzählige Gespräche und Debatten miteinander geführt, wir hatten diskutiert und gestritten und ab und zu gab es auch mal ein paar Tränen. Sie gehörte zwar zur anderen

Seite, zu meinen Feinden, aber sie war nicht ganz so überzeugt und verblendet wie der Rest der Bande. Klar musste sie unmissverständlich ihren Standpunkt mir gegenüber vertreten, das gebot allein schon ihre Position. Dennoch war sie auch meinen Argumenten gegenüber durchaus aufgeschlossen und bereit, auf einer zumindest sachlichen Ebene mit mir darüber zu diskutieren und mich nicht sofort gnadenlos abzubügeln wie die anderen es taten. Dieser Wesenszug sicherte ihr zumindest einen Funken Respekt meinerseits. Irgendwie, so blöde das jetzt auch klingen mag, mochte ich sie ein wenig, rein auf der menschlichen Ebene natürlich. So lief dann auch mein Besuchstermin in völlig anderen Bahnen ab, als ich es bislang gewohnt war. Es begann schon

damit, dass mir die obligatorische Leibes-
visitation vor Betreten der Besucherzelle,
mit den dazugehörigen peinlichen Kniebeugen heute erspart blieben, denn sie
schob mich sofort in den Raum. Auch saßen meine Eltern schon in dem Zimmer
und wurden nicht erst nach mir rein geführt. Das gab mir zum ersten Mal nach
meiner Inhaftierung die Möglichkeit zu einer körperlichen Kontaktaufnahme, denn
meine Eltern sprangen sofort auf, als ich
den Raum betrat und klar: in null Komma
nichts hing ich ihnen am Hals. Frau Obermeister tat so, als bekäme sie nichts von
diesem verbotenen Begrüßungsritual mit.
Völlig ruhig nahm sie ihren Platz neben
mir ein und kramte zu meinem großen Er-
staunen ein Buch aus der Tasche. Auch
ich hatte mich inzwischen gesetzt und

konnte es kaum fassen. In den vorange-gangenen Besuchen hatte jedes Mal die Ratte die Aufpasser-Funktion inne und ih-ren Augen entging nicht die kleinste Klei-nigkeit, sie klebten förmlich an meinen Lippen fest, immer auf der Lauer, bei den ersten verbotenen Worten meinerseits so-fort einzugreifen und den Besuch vorzeitig zu beenden. Frau Obermeister hingegen saß völlig entspannt und las in ihrem Ro-man, was natürlich nicht bedeutete, dass sie unserer Unterhaltung nicht folgte. Nee, das zu glauben hätte echt schon an Total-Blödheit gegrenzt. War ihr Verhalten nur reines Desinteresse, eine Masche um mich auf die Probe zu stellen und eventu-ell das eine oder andere über meine wei-teren Pläne auf diesem Umweg aus mir rauszukitzeln oder zeigte mir ihr Verhalten nur ihre tatsächliche menschliche Größe, neben ihrer politischen Ansichten auch die meinen gelten zu lassen? Ich war mir nicht sicher, wurde aber mutiger und testete an, wie weit ich mich bei ihr aus dem Fenster lehnen konnte, erzählte meinen Eltern ein wenig aus meinem Häflingsdasein. Obgleich derartige Gespräche über andere Gefangene oder das tägliche Leben hier als solches strengstens verboten waren, verzog Frau Obermeister keine Miene. Sie zeigte keinerlei Reaktion und so traute ich mich dann auch, meinen Eltern die eine oder andere Info, harmlos verpackt in belangloses Blablabla, unterjubeln. Kurz vor Ende der Besuchszeit sagte mein Vater dann noch ganz beiläufig zu mir, ich sollte mich nach meiner Entlassung unbedingt mal bei meinem Onkel

Hans melden. Dann war die Zeit mit meinen Eltern zu ende und Frau Obermeister brachte mich wieder auf meine Station, nicht ahnend, welche Ungeheuerlichkeit sich gerade ereignet hatte und deren Zeuge sie unwissentlich geworden war.

Der scheinbar harmlose Satz meines Vaters zum Abschied: „Melde dich bei Onkel Hans, wenn du entlassen bist"! Dieser Satz riss mich aus meinem dumpfen Dämmerdasein wie ein Tornado im Anmarsch auf die amerikanische Westküste. ONKEL HANS – es gab nur einen Onkel Hans in unserer Familie und der wohnte in Westdeutschland! Ich sollte mich nach meiner Entlassung also bei meinem Onkel melden. Die Information allein schon war ungeheuerlich und verursachte in mir ein absolutes Gefühlschaos. Onkel Hans war ein Großcousin meines Vaters und wohnte in Dortmund. Als meine Großmutter noch lebte kamen er und seine Frau einmal im Jahr, meistens verband er es mit einer seiner vielen Dienstreisen nach Berlin, um sie zu besuchen. Nach ihrem Tod ebbte der Kontakt etwas ab und beschränkte sich auf die obligatorischen Anrufe zu Geburts- und Feiertagen. Und nun sollte ich mich nach meiner Entlassung unbedingt bei ihm melden? Das bedeutete im Klartext eigentlich nur, dass ich nach dem Zuchthaus nicht mehr in die DDR zurück kehren würde. Eine andere Deutung dieser Aussage kam für mich nicht in Frage. Also schien da schon etwas im Gange zu sein, endlich kam wieder Bewegung in die ganze Geschichte und meine Eltern wussten anscheinend schon davon.

Ich versuchte ruhig zu bleiben und mir bloß nichts anmerken zu lassen, dabei brodelte diese Neuigkeit unaufhörlich in mir und ich fühlte mich wie ein Vulkan kurz vor dem Ausbruch. Am liebsten hätte ich geschrien, gelacht, getanzt, wäre über Tische und Bänke gesprungen, durchs Haus gerast und hätte jeden umarmt, der mir jetzt über den Weg lief. Ich war komplett out of order und dachte, ich müsse auf der Stelle ausrasten vor Glück. Dennoch riss ich mich zusammen, denn ich wusste ja nicht, wie lange ich noch in Halle bleiben musste und ob der Termin für meine Abschiebung überhaupt schon feststand. Außerdem musste ich jetzt äußerst besonnen vorgehen und durfte die ganze Aktion auf keinen Fall, durch ein etwaiges Missverhalten meinerseits, so kurz vor

Toresschluß noch zum Scheitern bringen. Das hätte ich mir nie verziehen!

Also versuchte ich möglichst ohne nennenswerte Reibereien durch die Tage zu kommen, allerdings erlaubte ich mir dabei schon die eine oder andere Frechheit, denn zu brav war auch nicht gut und hätte sie womöglich erst recht stutzig gemacht, denn das Wachpersonal wusste zu diesem Zeitpunkt noch nichts von meiner bevorstehenden Abschiebung.

Weitere vier Wochen waren jetzt seit dem letzten Besuch meiner Eltern vergangen und ich riss mich zusammen so gut es ging, doch das endlose Warten steigerte sich mit jedem weiteren Tag, der verging, ins Unerträgliche. Diese zähe Ungewissheit, wann komme ich weg, wohin werde ich gebracht, wie wird sich mein künftiges

Leben gestalten, all diese Fragen geisterten mir unaufhörlich durch den Kopf und ich hätte mich am liebsten für ein paar Tage in den Arrest verabschiedet, einfach nur um mal wieder in Ruhe abzuschalten und eine klare Birne zu bekommen. Aber das ging jetzt auf keinen Fall, denn aus dem Arrest wurde, soweit ich das mitbekommen hatte, nicht abgeschoben. Also harrte ich, bis in die Haarspitzen mit Adrenalin voll gepumpt, der Dinge, die da auf mich zukamen und sie kamen, wenn auch ziemlich unspektakulär.

Meine letzten Tage in Chemnitz

Ende September 1981 ging es endlich in die Zielgerade. Etwa gegen vier Uhr in der Nacht wurde plötzlich kräftig an meinem Arm gerüttelt. Eine Aufseherin stand neben meinem Bett und flüsterte mir zu, ich müsse sofort aufstehen und meine Sachen packen. Noch total verschlafen und in diesem Zustand jenseits von Gut und Böse checkte ich im ersten Augenblick nicht wirklich, was sie von mir wollte. Erst ganz allmählich begann mir zu dämmern, dass nun endlich der lang ersehnte Tag für mich gekommen war. Augenblicklich fiel jegliche Müdigkeit von mir ab und mit einem Riesensatz sprang ich aus meinem Bett. In aller Eile fegte ich meine Anstaltsklamotten aus dem Regal in den Wäschesack und gönnte mir nur ein paar flüchtige Wasserstrahlen im Gesicht. Vor lauter Aufregung zitterte ich am ganzen Körper und ich konnte mir nicht mal die Hose zuknöpfen, aber aus Angst, sie könnten es sich in letzter Sekunde noch anders überlegen und mich wieder zurück in die Zelle bringen, war mir mein desolates Aussehen völlig egal. Aber im Knast hat man eines im Überfluss – ZEIT. Dementsprechend langsam ging hier drinnen auch alles vonstatten. Zunächst musste ich in die Kleiderkammer um die Anstaltsausrüstung loszuwerden und meine privaten Sachen in Empfang zu nehmen. Leute, ich kann euch sagen, es gab in dem Augenblick nichts Schöneres auf der Welt für mich. Es fühlt sich einfach völlig irre an, wenn man nach fünfzehn langen Monaten An-staltskluft endlich zum ersten Mal wieder seine eigenen Klamotten auf der Haut spürt. Sie stanken zwar entsetzlich nach Mottenpulver, aber das war mir so was von egal. Endlich kam ich mir halbwegs wieder wie ein Mensch vor und schon das allein tat mir unendlich gut. Auf das letzte Frühstück im Speisesaal mit sechs weite-ren Häftlingen verzichtete ich. Ich war viel zu sehr aus dem Häuschen vor Freude um in dieser Situation noch etwas essen zu können. Mein Magen drehte und wand sich wie ein Aal und meine Kehle war total zugeschnürt. Nur weg von hier, so schnell wie möglich weg. Das waren meine einzi-gen Gedanken!

Nach dem Frühstück brachten sie uns in die Transportschleuse, natürlich nicht, ohne uns noch mal zum Abschied die widerlichen drei Kniebeugen über dem Spiegel machen zu lassen, aber das war mir jetzt scheißegal. Sollten sie mir doch ruhig nochmal ihre Macht demonstrieren, denn die gearschten waren sie doch selber. Ich jedenfalls stand ja schon, zumindest mit einem Bein, im Westen. Ein letztes Mal schlossen sie uns in die grüne Minna und mein Herz raste wie verrückt, als sich der Wagen nach gefühlter Ewigkeit endlich in Bewegung setzte.

Nach gut zweistündiger Fahrt erreichten wir den Stasi Knast in Karl-Marx-Stadt, dem heutigen Chemnitz und dem letzten Halt auf meiner Reise in den Westen. Wir wurden alle im Verwahrtrakt B, dem Trakt für „Sonderaufgaben" des Ministerums des Innern der DDR, im Volksmund auch

„Vogelkäfig" in Anlehnung an Rechtsanwalt Vogel, der im Auftrag der DDR die Freikäufe organisierte, untergebracht. Bis 1979 wurden pro DDR-Häftling etwa 40.000 DM bezahlt, danach stieg der Preis auf rund 95.000DM.

Im Gegensatz zum Zuchthaus in Halle ging es hier in Karl-Marx-Stadt wesentlich lockerer zu. Zunächst einmal fiel der bisherige Titel „Strafgefangene" weg und stattdessen hieß es Herr oder Frau soundso, was natürlich das eigene Selbstbewusstsein enorm in die Höhe puschte. Auch die Unterbringung konnte man, mit der im Zuchthaus, überhaupt nicht vergleichen. Die „Zellen" waren um ein vielfaches größer und mit lediglich sechs normalen Betten bestückt. Es gab große Fenster, die zwar auch vergittert waren, aber trotzdem den Raum in helles freundliches Licht tauchten. Und es gab sogar Gardinen, ein Luxus, den ich nach dieser langen Haftzeit erst wieder richtig zu schätzen wusste. Unsere Privatsachen und unseren Schmuck durften wir behalten und für die tägliche Schönheitspflege brachte man uns sogar eine Nagelfeile in die Zelle, damit wir die hässlichen Spuren der unfreiwilligen Arbeit an den Händen, beseitigen konnten. Das Essen war gut und mehr als reichlich. Viel frisches Obst und Gemüse. Nicht umsonst nannte man Karl-Marx-Stadt unter den Häftlingen auch den „Apfelsinenknast". Wir konnten sogar bezüglich des Essens eigene Wünsche äußern. Sie päppelten uns hier nach der entbehrungsreichen Zeit im Zuchthaus so richtig auf. Freigang bekamen wir zwei

Stunden täglich, wobei peinlich darauf geachtet wurde, dass wir Häftlinge nach den vielen Monaten Haft auch genügend Sonnenstrahlen abbekamen.

Schließlich konnte man es sich nicht erlauben, dem Westen blasse und halb verhungerte Ware zu verkaufen. Auch die Arbeit fiel flach, denn wir sollten uns hier nichts weiter als erholen. Längst war allen klar, dass unsere Tage in der DDR gezählt waren, denn das Personal nahm hier kein Blatt mehr vor den Mund. Man behandelte uns zwar nicht gerade unfreundlich, aber dennoch bekamen wir trotzdem zu jeder nur erdenklichen Möglichkeit ihre Missbilligung zu spüren. Für sie waren wir schlicht und ergreifend Verräter, die ihr Vaterland einfach so im Stich ließen und das nur, weil wir in den Westen ausreisen wollten. Es kostete sie sichtlich einiges an Überwindung, für uns täglich die Dienstboten spielen zu müssen. Ginge es nach ihnen, säßen wir sicherlich alle bis ans Ende unserer Tage bei Wasser und Brot in einem dunklen Kellerverlies und fristeten armselig unser Dasein. Täglich bei uns das unendliche Glück und die Vorfreude auf ein Leben in Freiheit mit ansehen zu müssen war für das Wachpersonal sicher schon´ne echt krasse Nummer! Allerdings interessierte ich mich herzlich wenig für deren Befindlichkeiten, stattdessen genoss ich lieber die Tage schon in Vorfreude auf die neue Zeit.

Es war Anfang Oktober und die jährlichen Feierlichkeiten zum Tag der Republik am 7. des Monats standen kurz bevor. Während dieser Zeit herrschte ein Abschiebestopp und unsere Reise verzögerte sich um ein paar Tage, was mich aber nicht sonderlich störte. Ganz im Gegenteil! Allein die Tatsache, der DDR in Kürze auf Nimmerwiedersehen den Rücken kehren zu können, wirkte sich auf jeden einzelnen von uns wie eine Droge aus!

Gemeinsam mit den Mithäftlingen machten wir aus unserem letzten Jahrestag in dem uns mittlerweile so verhassten Land eine regelrechte Party. Wir hingen im Gemeinschaftsraum vor dem Fernseher, auf der Honecker gerade die Militärparade zum Jahrestag abnahm. Ein recht makaberes Schauspiel. Aufgereiht wie eine Perlenkette standen die Greise, die das Land regierten und feierten sich selbst ohne wirklich zu wissen, was tatsächlich in ihrem Land so vor sich ging. Sie hatten doch schon lange jeglichen Bezug zur Wirklichkeit verloren. Sie wussten doch schon längst nicht mehr was „ihr" Volk dachte und fühlte. Welche Sorgen und Nöte im täglichen Leben der Menschen wirklich eine Rolle spielten. Sie lebten doch in einer Parallelwelt, in der dem normalen Bürger der Zugang versperrt war. Für sie gab es kein stundenlanges in der Schlange stehen für das eine oder andere Konsumhighlight, sie warteten nicht wie Otto Normalverbraucher Jahrzehnte auf ein Auto, sie konnten das Ziel ihrer Urlaubsreise selbst bestimmen, hingegen sich das Volk mit dem zufrieden geben musste was man ihnen zuwies. Das Pack hatte sich eine eigene Gesellschaft in der Gesellschaft geschaffen und sich häuslich darin eingerichtet. Völlig fern von jeglicher

Realität glaubten sie tatsächlich, alle anderen schwelgten in dem gleichen Luxus wie sie und dieser Zustand wäre das Ergebnis des gelebten Sozialismus. Mich nervte diese permanente Ignoranz total ab und ich war froh, bald hier weg zu sein. Ich konnte diesen ganzen Mist nicht mehr am Kopf haben. Wie blind musste man eigentlich sein um sich diese Situation bis zur Schmerzgrenze schön zu reden? Jedem halbwegs normalen Menschen sprang doch förmlich in die Augen, wie marode dieser Staat war. Ohne Vitamin B ging hier schon lange nichts mehr. Egal ob es sich um besondere Lebensmittel, eine private Wohnungssanierung, spezielle Bekleidung oder eine handwerkliche Dienstleistung handelte, für alles und jedes brauchte man Beziehungen. Ohne die entsprechenden Kontakte stand mittlerweile im Osten das halbe Leben still. Alles war reglementiert und staatlich verordnet. Attribute wie Individualität und Kreativität waren nicht sonderlich gefragt, stattdessen bestimmten Jahrespläne und Sollerfüllung das Miteinander in dieser Gesellschaft. Der Wert eines Menschen wurde hier nicht über seine Persönlichkeit bestimmt, sondern an seiner Arbeitsleistung zum Wohle des sozialistischen Vaterlandes gemessen. Einfach nur krank, das ganze System! Unter diesen Voraussetzungen konnte kein halbwegs normaler Mensch länger als nötig hier verweilen.

Vier Tage nach den Feierlichkeiten kam langsam wieder Bewegung in die ganze Sache. Gleich nach dem Frühstück brachten sie uns zum Erkennungsdienst. Nochmal das komplette Programm mit den Verbrecherfotos und der Abnahme unserer Fingerabdrücke. Die ganze Prozedur kannte ich schon aus der U-Haft und von den Tschechen. Leises Unbehagen beschlich mich schon wieder, denn ich hatte Angst, sie könnten es sich noch einmal anders überlegen und das jetzt, wo das Ziel doch schon für mich zum Greifen nahe war. Während meiner Zeit in Halle erlebte ich zwei Frauen, die wieder aus Karl-Marx-Stadt zurück kamen. Allerdings hatten diese beiden bedauernswerten Irren auch kurz vor ihrer Ausreise aus total unerklärlichen Gründen einen Rückzieher gemacht. Ein derartiger Schwachsinn könnte mir nicht mal im Traum einfallen. Meine Panikgedanken waren völlig unbegründet. Viel mehr diente diese Veranstaltung eher dazu, uns ein letztes Mal die Härte und totale Willkür ihres Machtapparates zu demonstrieren, denn am Ende wurde von jedem noch ein ganz normales Passbild aufgenommen, welches später meinen Entlassungsschein aus der Haft zierte. Der nächste Tag diente der ausgiebigen Körperpflege. Während meiner Zeit in Halle wurde dafür immer der arbeitsfreie Samstag reserviert. Gleich morgens nach dem Frühstück fand der allwöchentliche Wäscheaustausch statt. Bei dieser Gelegenheit konnten dann auch gleich so Reinigungsmittel wie Seife, Shampoo, Zahncreme oder Klopapier aufgefüllt werden. Nach dem Mittagessen schlossen sie uns dann grüppchenweise in die Duschzelle. Bei der großen Menge der Häftlinge blieben für den einzelnen nicht mehr als fünf Minuten Zeit, um sich den Dreck einer ganzen Woche vom Körper zu waschen. Hier im Stasi-Knast spielte Zeit keine große Rolle. Geschlagene zwanzig Minuten tummelte ich mich nun schon unter dem angenehm warmen Wasserstrahl, so als könne das Wasser den gesamten Frust der letzten Monate einfach weg spülen. Wieder und wieder schäumte ich meinen Körper ein in der Hoffnung, dadurch auch den letzten Rest Knastgestank von mir zu waschen. Nach einer Stunde war ich mit meinem Werk zufrieden und fühlte mich jetzt halbwegs wieder als normaler Mensch. Damit wir nicht vollkommen desolat im Westen aufschlugen und dadurch ein noch schlechterer Eindruck entstand, hatten sie eigens für uns einen Frisör in den Knast gekarrt. Selbstverständlich nahm ich diese großzügige Gabe noch mit und ließ mir gleich einen neuen Haarschnitt verpassen. Frisch gewaschen, perfekt gestylt und bester Laune fieberte ich sehnsüchtig dem Finale entgegen.

Endlich, der Tag X war angebrochen!

16. Oktober 1981!

Allerdings begann er ziemlich zähflüssig mit dem täglichen Frühstück. Anschließend wieder warten und ich dachte schon, noch so ein vergeudeter Tag! Aber dann, nach dem Mittagessen - gebratenes Hühnchen, was für Knastverhältnisse schon ein Festmahl darstellte – herrschte plötzlich rege Betriebsamkeit auf dem Flur. Schlüssel klapperten und die Türen der Zellen wurden aufgerissen. "Alles raus treten"! lautete das Kommando. Etwa 26 Männer und Frauen bauten sich im Flur vor ihren Zellen auf. Neben dem üblichen Wachpersonal erschien ein Hauptmann in Begleitung zweier Leutnant auf der Bildfläche. Der eine von ihnen trug eine fette schwarze Ledermappe unter seinem Arm.

In knappem Millitärjargon wurden wir darüber in Kenntnis gesetzt, dass nun unsere Ausweisung unmittelbar bevorstünde. Sehr zum Missfallen der Drei tobte an dieser Stelle ein riesiger Jubelschrei durch die Menge. Wortlos verschwand der Hauptmann nebst seinen Lakaien in einem der Dienstzimmer. Es folgten die üblichen Formalitäten. Man händigte mir meinen Entlassungsschein aus dem Strafvollzug aus. Dann wurde ich nochmals eingehend befragt, ob ich denn auch tatsächlich in den Westen ausreisen wolle oder ob ich mir nicht doch vorstellen könnte, ohne jedwede Konsequenzen und bei garantierter Straffreiheit doch wieder in die DDR zurück zu kehren. Hä? Ich glotzte den Typen an als hätte er mir gerade einen Heiratsantrag auf Japanisch gemacht. Mit meinem Entlassungsschein in der Tasche fühlte ich mich jetzt so richtig stark und wurde gleich frech. Ich fauchte ihn an, was er sich denn eigentlich einbilden würde. Glaubte er tatsächlich ich hätte den ganzen Scheiß nur aus Jux und Tollerei auf mich genommen? Mein gesammelter Hass gegen diese Diktatur nebst ihren blind gehorchenden Schergen ergoss sich jetzt wie ein Topf kochender Erbsensuppe über ihn. Die ganzen letzten Monate musste ich schön meine Klappe halten und jeden Mist runter schlucken, aber jetzt griff ich in die Vollen und ließ mal so richtig Dampf ab. Jetzt konnten sie mir doch alle mal den Buckel runter rutschen. Das tat ja so gut!

Die arme Sau von Hauptmann wusste bei meinem Gezeter überhaupt nicht wie ihm

geschah und fühlte sich zunehmend un-
wohl in seiner Rolle. Längst hatte er be-
griffen, das bei mir Hopfen und Malz verloren waren und jeder weitere Überredungs-
versuch kläglich scheitern würde. Wortlos
händigte er mir ein Blatt Papier aus und
hatte zumindest noch so viel Größe, mir
für die Zukunft alles Gute zu wünschen.
Wieder auf dem Flur angekommen schaute ich auf das Schriftstück in meiner Hand.
Es handelte sich um eine „Urkunde"!

„… wird gemäß §10 des Gesetzes vom
20.Februar 1967 über die Staatsbürgerschaft der Deutschen Demokratischen Republik (GBl,I S3) aus der Staatsbürgerschaft der Deutschen Demokratischen Republik entlassen. Die Entlassung
aus der Staatsbürgerschaft der Deutschen
Demokratischen Republik wird gemäß §15

Abs. 3 des Staatsbürgerschaftgesetzes mit der Aushändigung dieser Urkunde wirksam".

Jipp, ich hatte es endlich geschafft!

Vogelfrei aber überglücklich gab es für mich nun kein Zurück mehr. Von nun an zählte für mich die dunkle Vergangenheit nicht mehr, denn meine Blicke richteten sich voller Erwartung nur noch in die Zukunft.

Ein letztes Mal hörte ich das laute Rasseln ihrer Schlüssel, ein Geräusch, das ich wohl niemals wieder vergessen werde, als sie uns die Türen zu der Sicherheitsschleuse aufschlossen. In der Schleuse wartete bereits ein nagelneuer Reisebus auf uns. Dahinter stand der goldene Mercedes von Rechtsanwalt Vogel. Er war der Unterhändler für den Gefangenenaustausch und er würde uns in den Westen bringen. Mit Herzklopfen stieg ich jetzt in den Bus, immer noch mit der Panik im Hinterkopf, es könnte aus irgend einem Grund noch etwas schief laufen. Der Bus setzte sich in Bewegung und die große Zuchthaustür schloss sich hinter uns. Nach einer Gratisrundfahrt durch Karl-Marx-Stadt fuhr der Bus auf die Autobahn in Richtung deutsch–deutsche Grenze. Die ganze Fahrt über herrschte trotz aller Euphorie eine gedrückte Stimmung. Vielleicht lag es an den beiden Wachposten, die den Bus begleiteten oder auch an den traurigen Gedanken an die Zurückgebliebenen daheim. Jeder von uns hatte in den letzten Monaten und Jahren einzig und allein für diesen Tag gelebt und alles erdenklich Abscheuliche dafür in Kauf genommen. Dennoch reiste ein Stückchen Wehmut in jedem von uns mit.

In den frühen Abendstunden erreichten wir den Grenzübergang Herleshausen in Hessen. Vor dem Schlagbaum Grenzposten der DDR. Bei ihrem Anblick ging mir der Hintern nochmal so richtig auf Grundeis und mein Herz klopfte mir bis zum Hals. Unsere beiden Bewacher verließen wortlos und ohne uns eines Blickes zu würdigen den Bus. Dafür tat der gute Rechtsanwalt Vogel nun plötzlich ganz geschäftig. Mit einem verschlossen Umschlag verschwand er hinter dem Schlagbaum in einer der Baracken. Angespannt wartete ich und nach einer gefühlten Ewigkeit, in der sich in mir alle möglichen Horrorszenarien abspielten, tauchte er in Begleitung einer zweiten Person in Zivilkleidung wieder auf. Beide kamen in den Bus. Gut gelaunt verabschiedete sich der Anwalt von uns und wünschte uns eine angenehme Weiterreise. Auch der Fahrer verabschiedete sich von uns und wurde von einem Kollegen aus dem Westen abgelöst. Die Türen des Busses schlossen sich und einer der Grenzposten öffnete im Zeitlupentempo den Schlagbaum. Als der Bus dann über die weiße Linie rollte, welche die Staatsgrenze am Boden markierte, stellte sich der zweite Mann als Mitarbeiter der Bundesregierung Deutschlands vor und hieß uns in der Freiheit herzlich willkommen.

Das Ziel unserer Reise war das Notaufnahmelager in Gießen.

Ich kann diesen irren und emotionsgeladenen Augenblick heute nur bruchstückhaft wiedergeben, denn dieses wahnsinnige Glück, das jeden von uns in dem Moment durchflutete, kann man in profanen Worten einfach nicht ausdrücken. Wir waren endlich FREI!

Zuerst schrien wir alle, dann folgte ein tosender Applaus für unseren Begleiter. Nichts und Niemand hielt uns jetzt mehr auf unseren Sitzen. Ob alt oder jung, Mann oder Frau, wir lagen uns in den Armen und beglückwünschten uns gegenseitig. Wir lachten und weinten, sangen und tanzten wie im Rausch. Die Freiheit fühlte sich so verdammt gut an!

Mir war in diesem Augenblick, als ginge ein nicht enden wollender böser Traum zu ende und ich erwachte in einer besseren Welt. All die ausgestandenen Ängste und

Ungewissheiten, all das Hoffen und Ban-
gen, all die kleinen und großen Schikanen
und Gemeinheiten, all die Verzweiflung
und die heimlich geweinten Tränen fielen
plötzlich von mir ab und wurden von einer
auf die andere Minute in einem Strudel
der Bedeutungslosigkeit hinweg gespült.
Eine unendliche Leichtigkeit erfasste mich
und ich hätte am liebsten die ganze Welt
umarmt, so glücklich war ich.

**Bis zur Wende 1989 habe ich nie wieder
einen Fuß auf den Boden der DDR gesetzt!**

Schlusswort

Erst einige Tage später erfuhr ich, dass meine Abschiebung nicht ganz so zufällig war, sondern einen recht brisanten Hintergrund hatte. Die DDR wollte unbedingt den in der Bundesrepublik einsitzenden „Kanzleramtsspion" Günter Guillaume nebst Gattin in den Osten zurück holen und im Gegenzug ließen sie sich das 2500 politische Gefangene kosten.

Ich hatte also, und wie ich später erfuhr auch die anderen drei, wiedermal verdammtes Schwein gehabt!